心得

下雨天買東西……

別買太多。

如果碰到蟑螂……




千萬不要退縮。

# 一個人住第5年

高木直子◎圖文
洪俞君◎譯

一個人的生活雖輕鬆也寂寞，卻又難割捨。

# 前言

一個人住的單身女生，是如何渡過每一天的呢？

我呢，則是過著簡樸恭謹的生活。

剛開始一個人住時，也曾有過「想把房間弄得很可愛」「想過著時髦優雅的生活」「希望每天過得快快樂樂地」之類的許多夢想與理想，但實際住了一段日子之後，終究還是以生活為最優先的考量。

「不在一些無謂的事上花錢」變成了我的座右銘。本來是打算去新潮時髦的百貨公司、個性商店、咖啡屋的，卻變成去附近的超級市場、百圓店和蓋飯專門店?!

現實生活是很嚴苛的，但五年的歲月裡，不知不覺間也形成了自己的生活模式，有了一些生活的經驗與智慧，自認過得頗舒適自在也很符合自己個性。

自由隨興，但有時卻又有點兒苦惱，這就是我的《一個人住第5年》。

目次

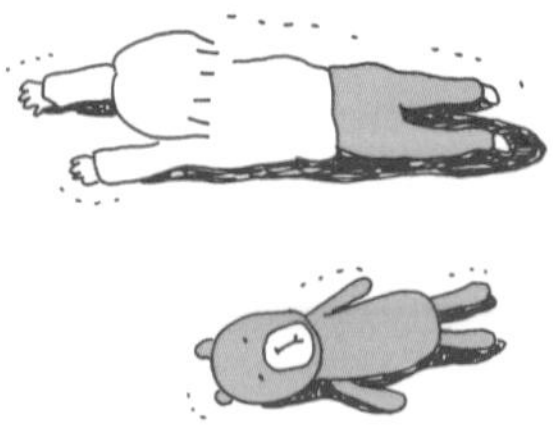

# The room on my own after 5 years.

## hitoriguraashi-mo gonen-me

### 住了第五年的小窩

在東京開始一個人的生活，都已經第五年了，我一次也沒搬過家，所以一直都是住在這裡。屋子本身並沒有什麼改變，但看看第一年的照片，發現那時屋裡明顯比第五年的現在整齊清爽多了。我並沒有買什麼特別大的東西，可是，東西似乎不知不覺間就繁殖了。

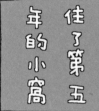

剛開始一個人住時，曾想一直遵守「所有家具的高度都要低一點，這樣房間可以看起來寬敞些」的這項準則的。

我決定不要放比身高還高的家具。
我要努力營造一個極簡單純，不帶凡俗生活雜味的清爽房間！
150 cm
最初，屋裡是這樣的
整齊清爽

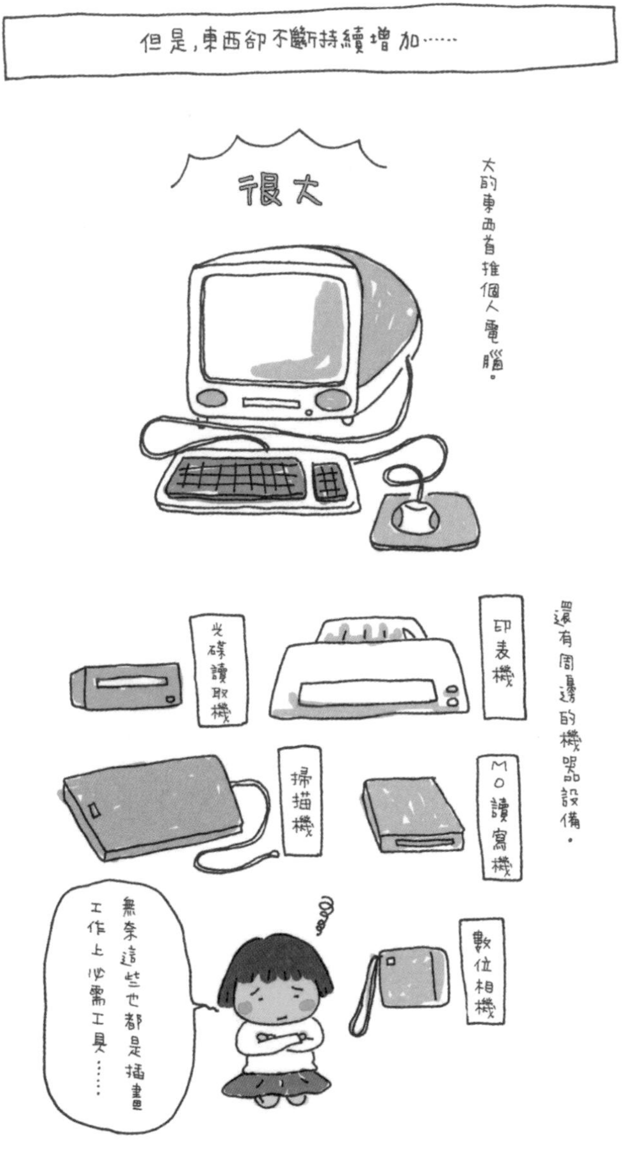
但是，東西卻不斷持續增加……
很大
大的東西首推個人電腦。
還有周邊的機器設備。
光碟讀取機
印表機
掃描機
MO讀寫機
數位相機
無奈這些也都是插畫工作上必需工具……

不斷增加的物品，還包括……

## 衣服

雖然很少買，卻也根本不丟，所以囉……

例如約10年前買的衣服啦。

姐姐的舊衣服也很多

CHIKI

## 傘

突然下起雨時買的透明塑膠傘，數量還真不少。

正牌的雨傘

透明塑膠傘軍團

正牌的雨傘

## 鞋子

這也是很捨不得丟的。

髒兮兮的布鞋。

穿了腳後跟會痛的不合腳的鞋子。

## 清潔用品

廚房清潔劑
(檸檬香味)
玻璃清潔劑
廁所清潔劑
漂白劑
亮光劑
黴菌剋星
地板清潔濕紙巾
窗戶清潔濕紙巾

很難全部用完的各種清潔劑

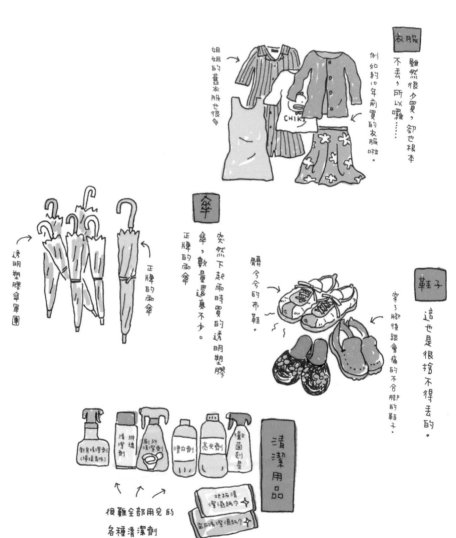

杯子類
馬克杯
(喝牛奶用的)
茶杯
(喝茶用的)
酒杯
(特別日子時用的)
啤酒杯
(喝啤酒用的♥)
玻璃杯
(喝果汁用的)

湯姆貓與傑利鼠相關商品
TOM

湯姆貓與傑利鼠迷
收集湯姆貓和傑利鼠相關商品是我的興趣……

## 與插畫工作相關的物品也快速增加……

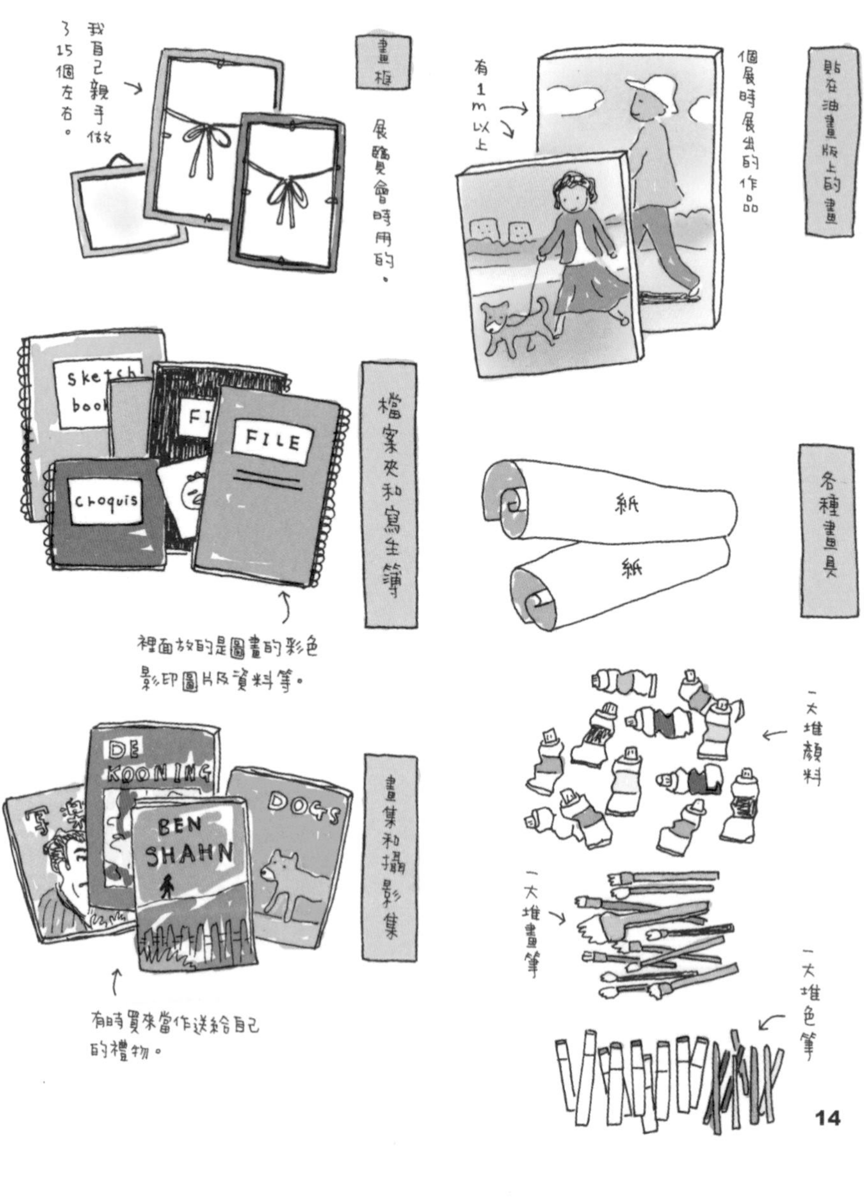
畫框
我自己親手做了15個左右。
展覽會時用的。
貼在油畫版上的畫
有1m以上
個展時展出的作品
sketch book
FILE
FILE
croquis
檔案夾和寫生簿
裡面放的是圖畫的彩色影印圖片及資料等。
各種畫具
紙
紙
一大堆顏料
一大堆畫筆
一大堆色筆
DE KOONING
BEN SHAHN
DOGS
畫集和攝影集
有時買來當作送給自己的禮物。

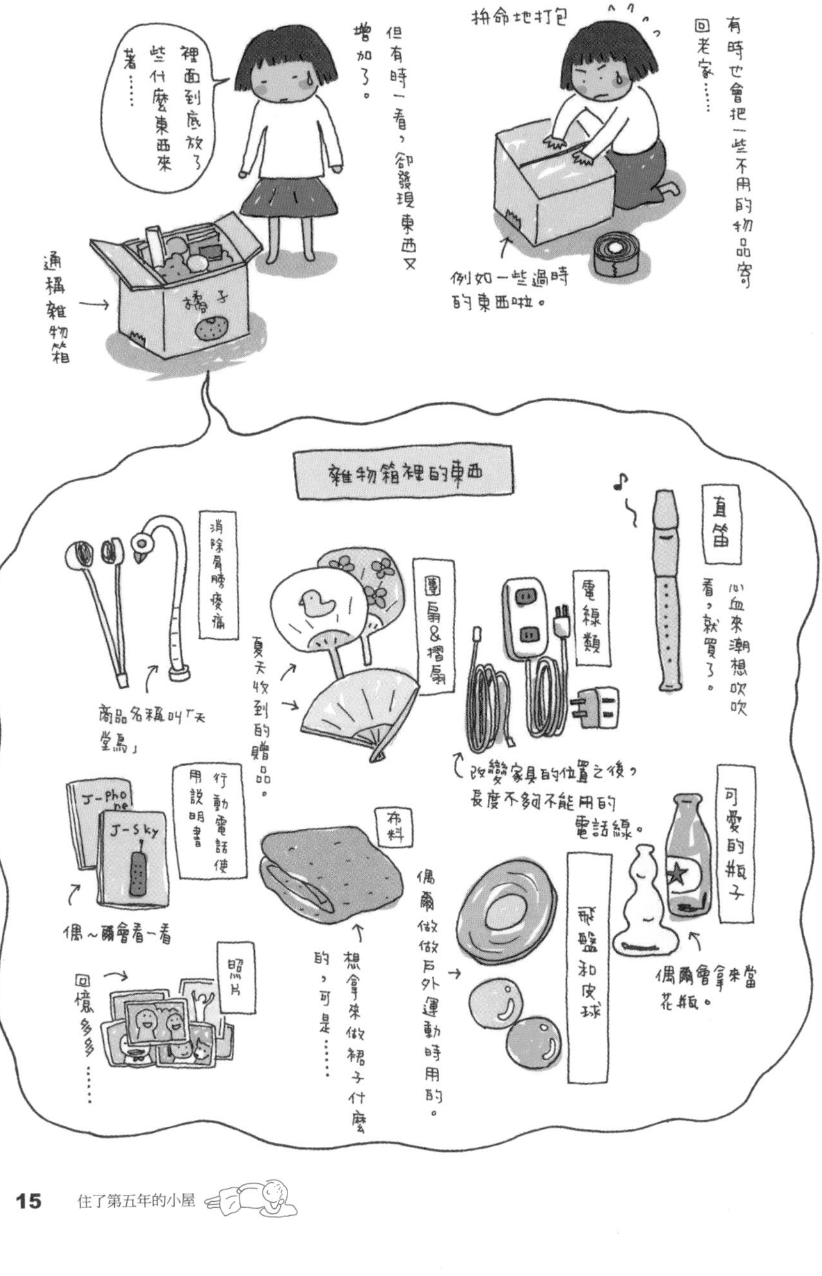
有時也會把一些不用的物品寄回老家……
拚命地打包
例如一些過時的東西啦。
但有時一看，卻發現東西又增加了。
裡面到底放了些什麼東西來著……
通稱雜物箱
橘子
雜物箱裡的東西
消除肩膀痠痛
商品名稱叫「天堂鳥」
團扇&摺扇
夏天收到的贈品。
電線類
改變家具的位置之後，長度不夠不能用的電話線。
直笛
心血來潮想吹吹看，就買了。
行動電話使用說明書
J-Phone
J-Sky
偶～爾會看一看
布料
想拿來做裙子什麼的，可是……
照片
回憶多多……
偶爾做做戶外運動時用的。
飛盤和皮球
可愛的瓶子
偶爾會拿來當花瓶。

為了提高容量，我也試著自己做了收納用的家具。

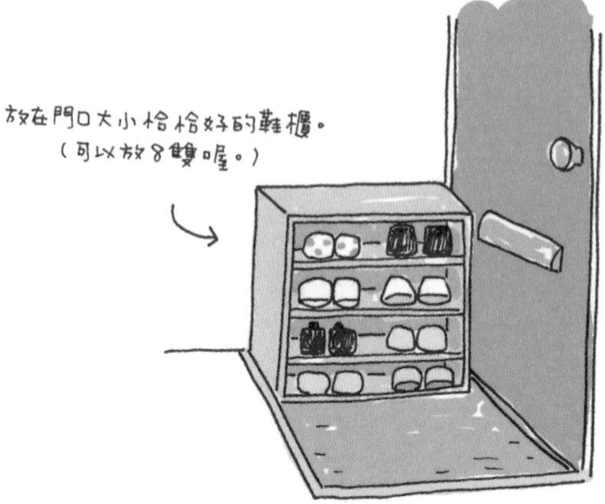
放在門口大小恰恰好的鞋櫃。
（可以放8雙喔。）

可以放進冰箱旁邊寬15cm收納櫃。
市面上賣的應該很少有寬15cm的吧！
呵呵呵……
想到這個，我就有點得意。

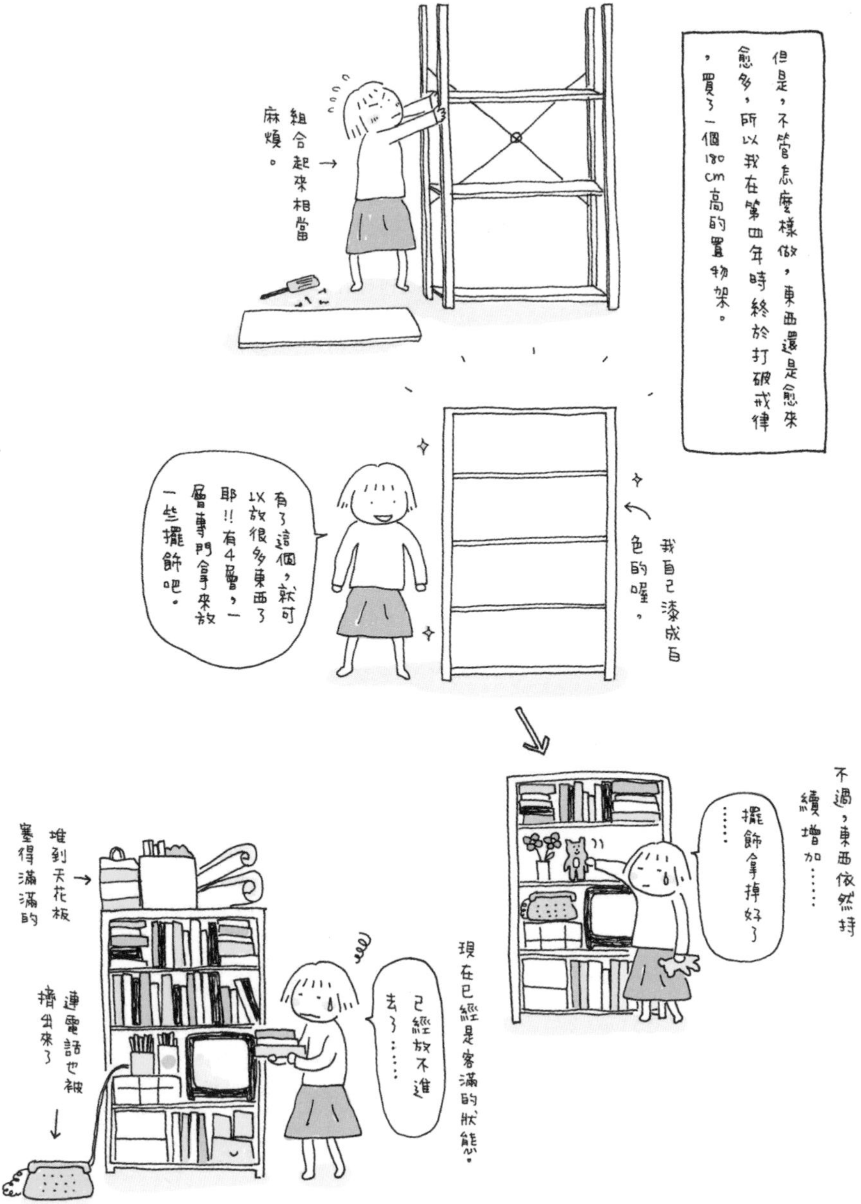
但是，不管怎麼樣做，東西還是愈來愈多，所以我在第四年時終於打破戒律，買了一個180cm高的置物架。
組合起來相當麻煩。
我自己漆成白色的喔。
有了這個，就可以放很多東西了耶!!有4層，一層專門拿來放一些擺飾吧。
不過，東西依然持續增加……
擺飾拿掉好了……
現在已經是塞滿的狀態。
已經放不進去了……
堆到天花板塞得滿滿的
連電話也被擠出來了

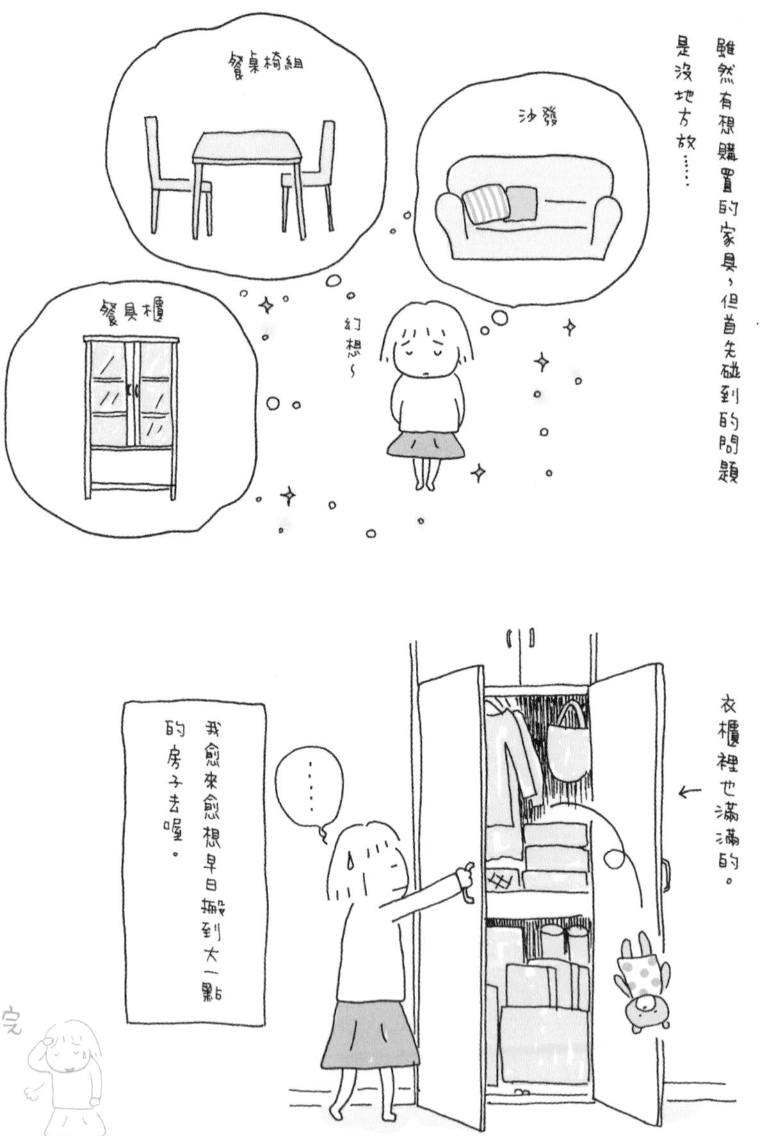
雖然有想購置的家具，但首先碰到的問題
是沒地方放……
沙發
餐桌椅組
幻想～
餐具櫃
衣櫃裡也滿滿的。
……
我愈來愈想早日搬到大一點
的房子去喔。
完

# Gee, easy and simple dishes.

## hitoriqurashi-mo gonen-me

我算是滿勤於自己做飯的。
不過飯菜的內容卻像苦行僧吃的一般簡單。
某日的飯菜內容
炒茄子上面撒些魚花
加鹽揉搓的小黃瓜
白飯
味噌湯
基本上以日式飯菜居多。
我很喜歡喝味噌湯，所以兩、三天沒喝就會犯癮。
味～噌～湯～
唉……
我是「心裡一想吃飯，就希望立刻吃到」的那種人，因此當想要做飯時……
哎呀！得洗米煮飯才有飯吃?!
這麼一來，做菜的興致就頓時大減。
無法耐著性子等到飯煮好。
約需40分鐘
咕嚕
還沒煮好嗎?

遇到這種情形，有時就會改做可以快速完成的料理。

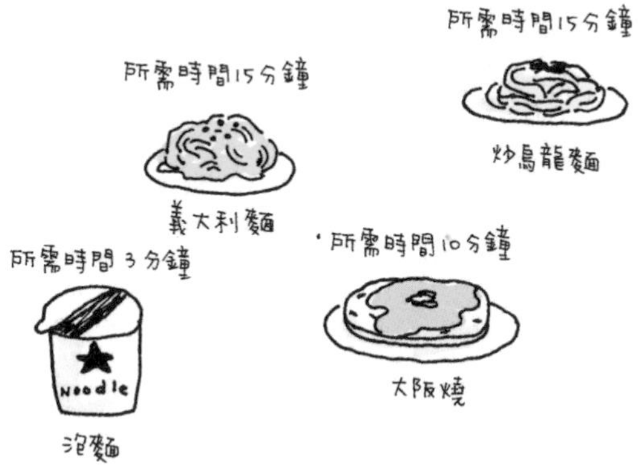
所需時間15分鐘
義大利麵
所需時間15分鐘
炒烏龍麵
所需時間3分鐘
Noodle
泡麵
所需時間10分鐘
大阪燒

有時也會喝喝啤酒果腹。
喝這個就算了♡
BEER

唉……因此，我煮飯的時候通常會一次煮很多，然後冷凍起來。

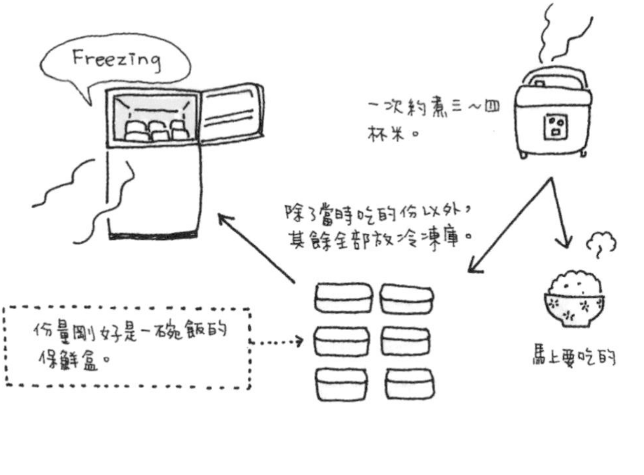
Freezing
一次約煮三～四杯米。
除了當時吃的份以外，其餘全部放冷凍庫。
份量剛好是一碗飯的保鮮盒。
馬上要吃的

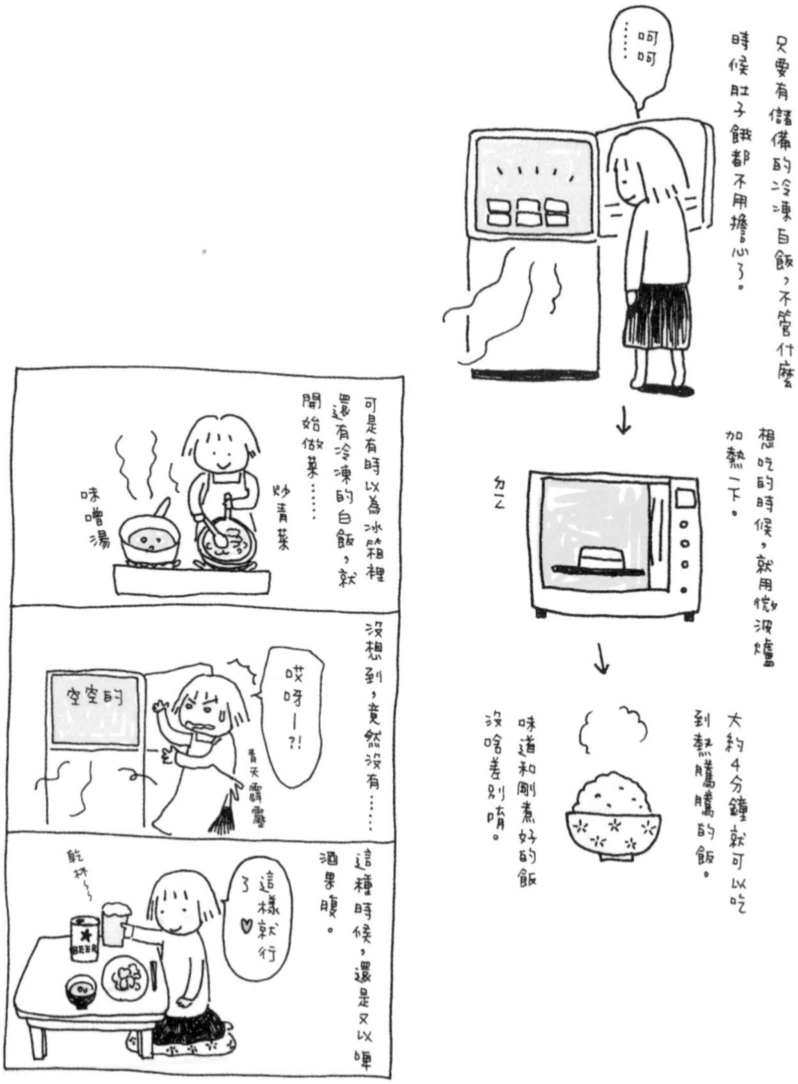
只要有儲備的冷凍白飯，不管什麼時候肚子餓都不用擔心了。
呵呵……
想吃的時候，就用微波爐加熱一下。
ㄉㄥ
大約4分鐘就可以吃到熱騰騰的飯。
味道和剛煮好的飯沒啥差別唷。
可是有時以為冰箱裡還有冷凍的白飯，就開始做菜……
炒青菜
味噌湯
沒想到，竟然沒有……
哎呀—?!
空空的
青天霹靂
這種時候，還是又以啤酒果腹。
這樣就行了♡
乾杯～
BEER

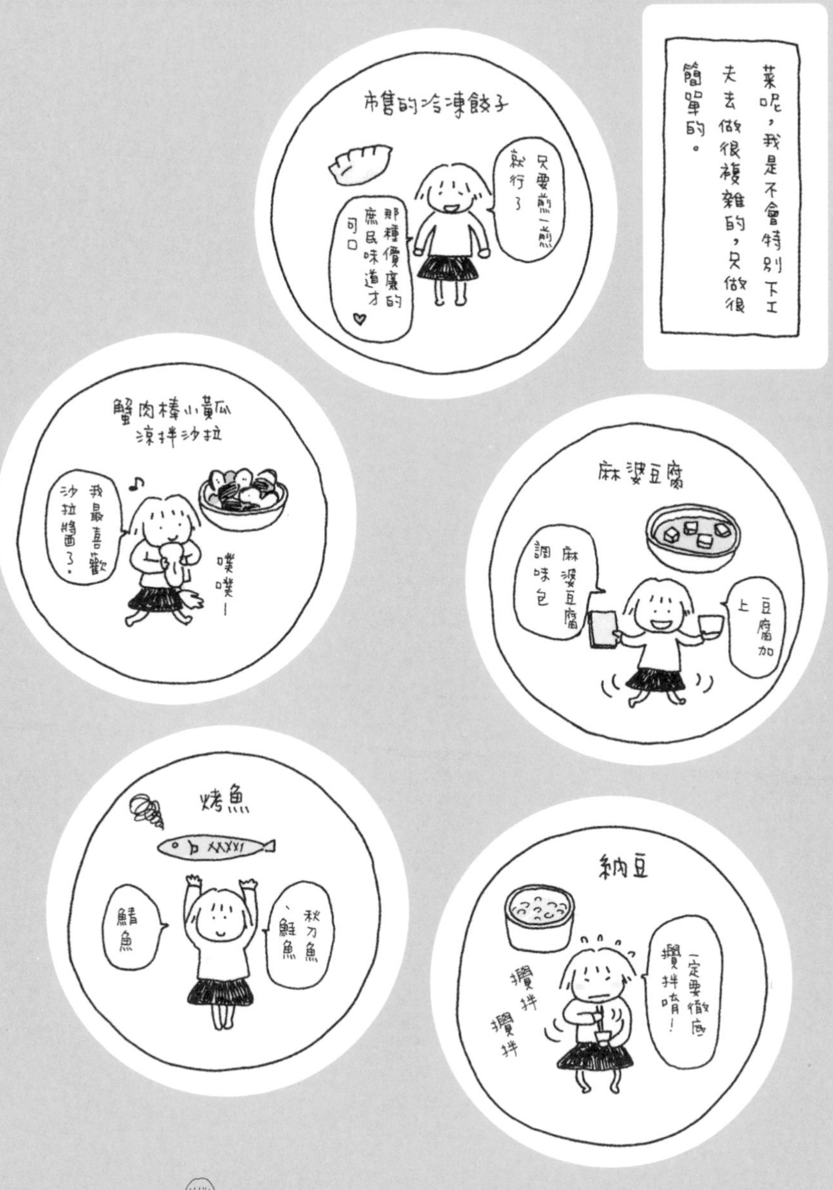
菜呢，我是不會特別下工夫去做很複雜的，只做很簡單的。
市售的冷凍餃子
只要煎一煎就行了
那種價廉的庶民味道才可口♥
蟹肉棒小黃瓜涼拌沙拉
我最喜歡沙拉醬了。
噗噗！
麻婆豆腐
豆腐加上
麻婆豆腐調味包
烤魚
秋刀魚、鮭魚
鯖魚
納豆
一定要徹底攪拌唷！
攪拌
攪拌

剛開始一個人住時，我也下工夫做了一些很複雜很講究的菜。
嗯——今天來做高麗菜捲吧!!
奮鬥
努力
做好了!!
製作時間60分鐘
又有時候
好，今天來做餃子吧!!
咚咚
攪拌攪拌
進入包餃子的階段
孜孜不倦
又有時候
嗯~~今天來做可愛的
蛋包飯~
咚咚
喀啦
滋滋~

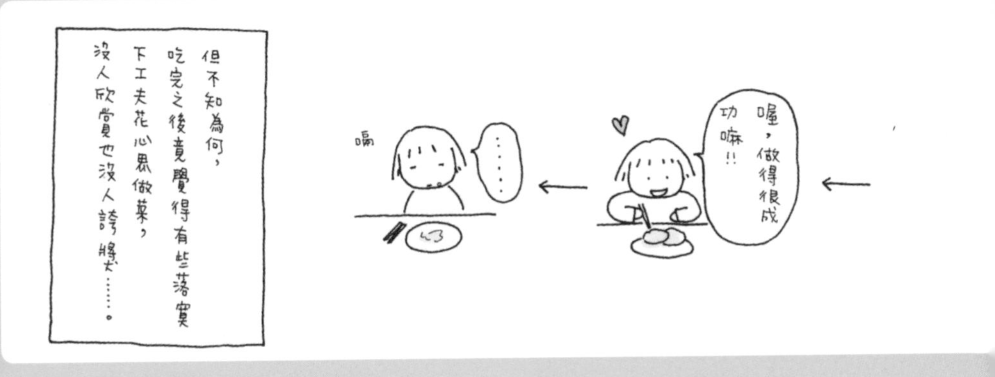
喔，做得很成功嘛!!
……
嗝
但不知為何，
吃完之後竟覺得有些落寞
下工夫花心思做菜，
沒人欣賞也沒人誇獎……。

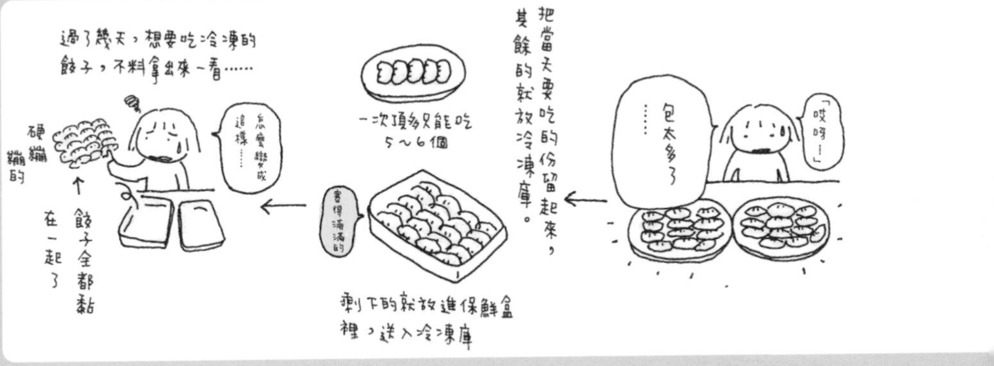
「哎呀!」
包太多了……
把當天要吃的份留起來，
其餘的就放冷凍庫。
一次頂多只能吃
5～6個
塞得滿滿的
剩下的就放進保鮮盒裡，送入冷凍庫
過了幾天，想要吃冷凍的餃子，不料拿出來一看……
怎麼變成這樣……
硬繃繃的
餃子全都黏在一起了

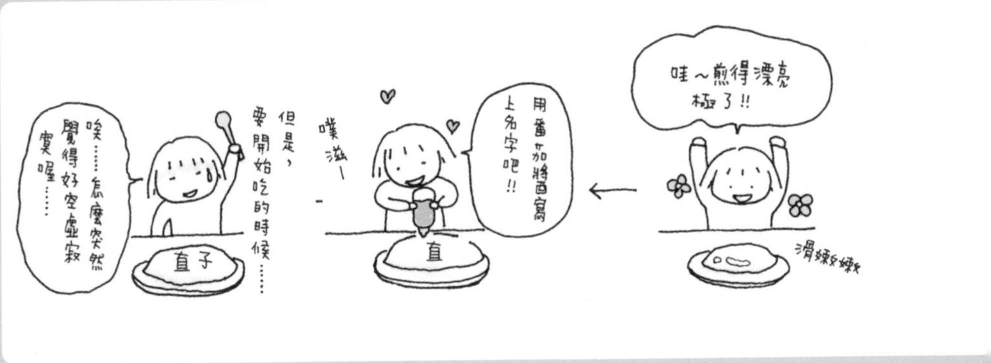
哇～煎得漂亮極了!!
滑嫩嫩
用番茄醬寫上名字吧!!
噗滋一
直
但是，要開始吃的時候……
直子
唉……怎麼突然覺得好空虛寂寞喔……

想起以前住在家裡的時候，每次做菜都覺得很有成就感。
回想～
姐姐
妳好厲害喔
媽媽
很好吃耶。
爸爸
嚼嚼嚼嚼
狼吞虎嚥
弟弟
汪汪汪
呵呵呵……
沒人看沒人欣賞，我似乎就鼓不起勁賣力做事。
做菜給別人吃時，也會注意到菜要擺得美美的……
法式奶油烤鮭魚
也做了調味汁
放蘆筍來配色
調味海蘊
杯裝海蘊也一定換盛到別的器皿裡
如果只是自己吃的話，就不管那麼多了。
鮭魚就直接烤烤而已
沾沙拉醬吃吃看
撕
海蘊就直接端著本來的杯子吃

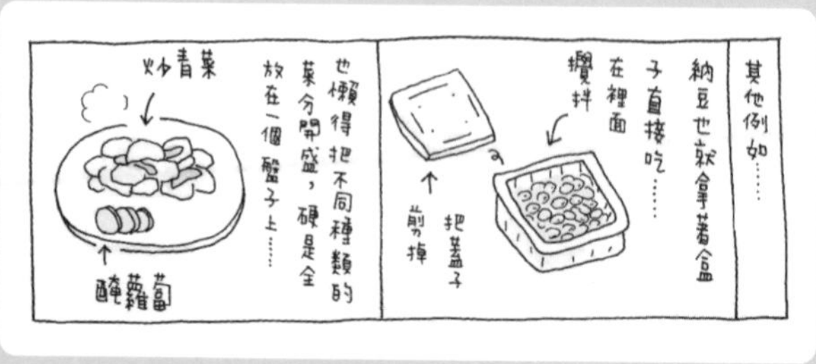
其他例如……
納豆也就拿著盒子直接在裡面吃……
攪拌
把蓋子剪掉
也懶得把不同種類的菜分開盛，硬是全放在一個盤子上……
炒青菜
醃蘿蔔

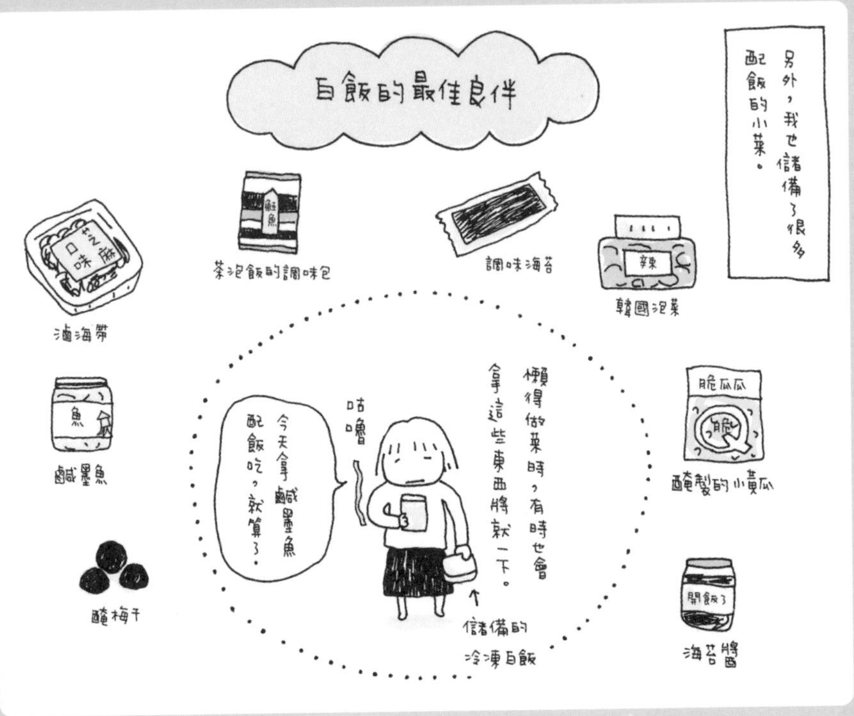
白飯的最佳良伴
另外，我也儲備了很多配飯的小菜。
芝麻口味
滷海帶
鮭魚
茶泡飯的調味包
調味海苔
辣
韓國泡菜
魚
鹹墨魚
脆瓜瓜
醃製的小黃瓜
醃梅干
開飯了
海苔醬
懶得做菜時，有時也會拿這些東西將就一下。
咕嚕
今天拿鹹墨魚配飯吃，就算了。
儲備的冷凍白飯

知道我的飲食習慣的朋友，在我開繪畫個展的時帶給我的賀禮是「佐飯香鬆總匯」。
恭喜妳開個展
這個送給妳
謝謝……謝謝……
佐飯香鬆

這種時候，一般都是收到花或是小點心。
賀
小西餅

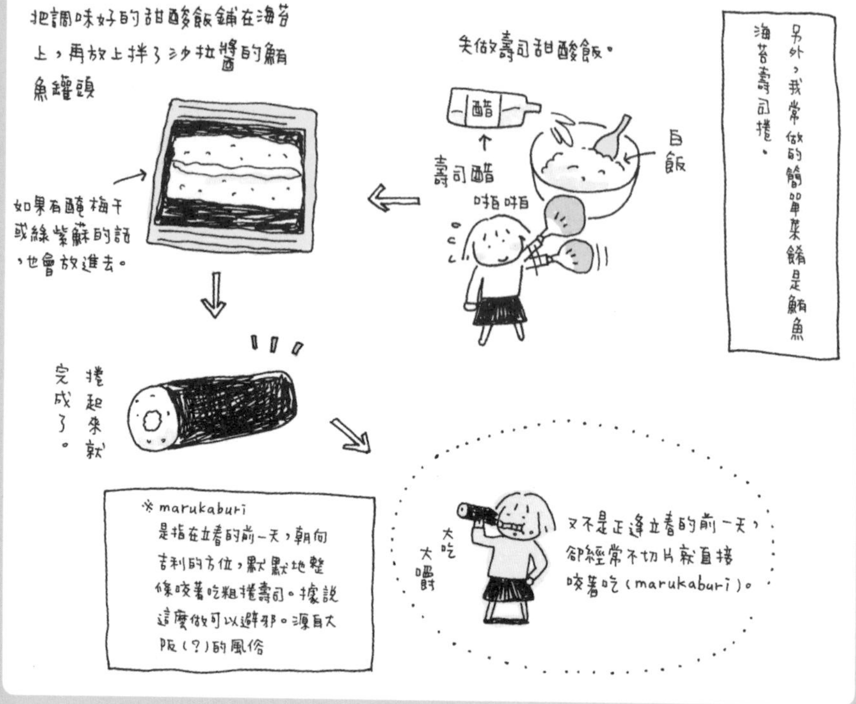
另外，我常做的簡單菜餚是鮪魚海苔壽司捲。
先做壽司甜酸飯。
醋
壽司醋
白飯
啪啪
把調味好的甜酸飯鋪在海苔上，再放上拌了沙拉醬的鮪魚罐頭
如果有醃梅干或綠紫蘇的話，也會放進去。
捲起來就完成了。
又不是正逢立春的前一天，卻經常不切片就直接咬著吃（marukaburi）。
大吃大嚼
※ marukaburi
是指在立春的前一天，朝向吉利的方位，默默地整條咬著吃粗捲壽司。據說這麼做可以避邪。源自大阪（?）的風俗

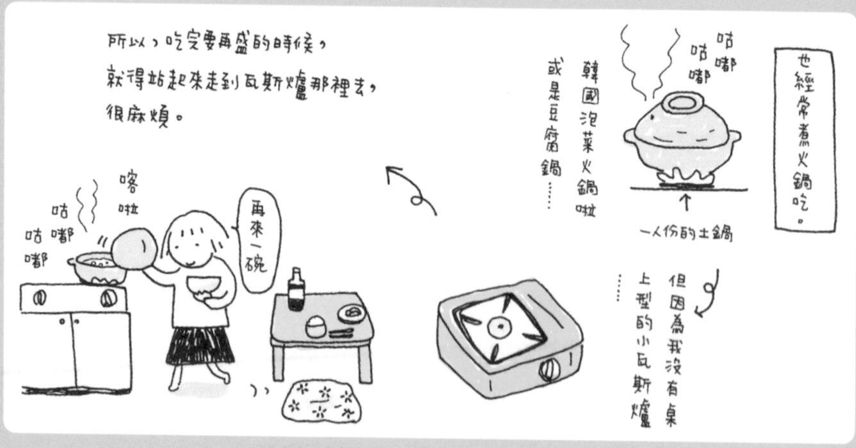
也經常煮火鍋吃。
咕嘟咕嘟
一人份的土鍋
韓國泡菜火鍋啦
或是豆腐鍋……
但因為我沒有桌上型的小瓦斯爐……
所以，吃完要再盛的時候，
就得站起來走到瓦斯爐那裡去，
很麻煩。
喀啦
咕嘟咕嘟
再來一碗

但有一道菜我做的時候可一定是興致勃勃、精神百倍的喔。那就是
『番茄湯』
我很喜歡吃番茄，但生的番茄又貴得很。
番茄 398圓
垂頭喪氣
不過如果買「番茄罐頭」那就很便宜了。特價的時候，有時兩罐才100圓。
1罐50圓
TOMATO
TOMATO

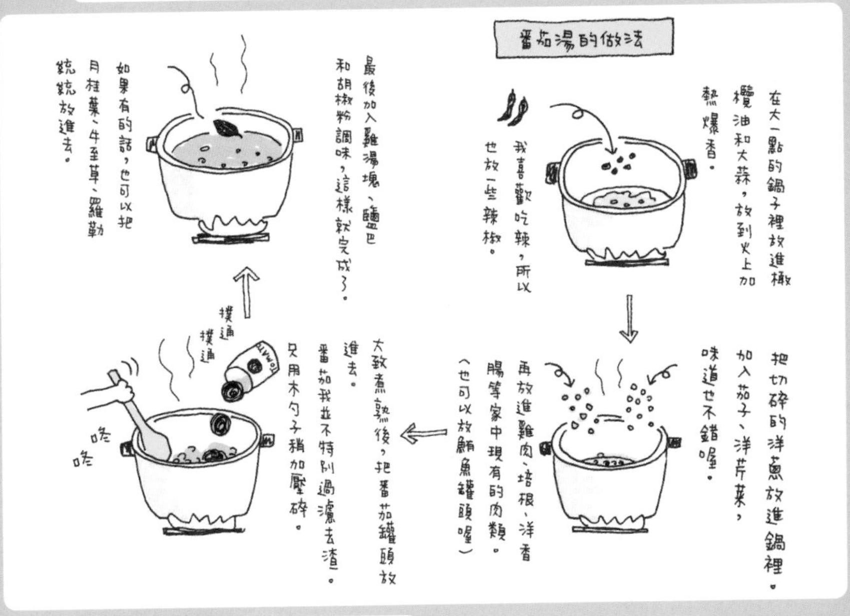
番茄湯的做法
在大一點的鍋子裡放進橄欖油和大蒜，放到火上加熱爆香。
我喜歡吃辣，所以也放一些辣椒。
把切碎的洋蔥放進鍋裡。
加入茄子、洋芹菜，味道也不錯喔。
再放進雞肉、培根、洋香腸等家中現有的肉類。
（也可以放鮪魚罐頭喔）
大致煮熟後，把番茄罐頭放進去。
番茄我並不特別過濾去渣。只用木勺子稍加壓碎。
撲通
撲通
TOMATO
咚
咚
最後加入雞湯塊、鹽巴和胡椒粉調味，這樣就完成了。
如果有的話，也可以把月桂葉、牛至草、羅勒統統放進去。

呵呵……快煮好了……快煮好了……快煮

做好了!!
一大鍋
用一個番茄罐頭就可以做出一大鍋的番茄湯。我通常都是連著吃兩天。

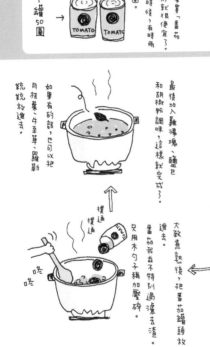

如果有預先做好的番茄湯的話，
那就方便多了……
出門回到家時……
好累喔～
啊～肚子好餓喔～
我都忘了有昨天做好的番茄湯呢!!
♡
耶～
第二天的晚上，如果有點吃膩了……
……
就加進義大利麵變成茄汁義大利麵……
或是把白飯放進去，做成好像是義式燉飯。
cheese
撒上起司粉更美味哦。

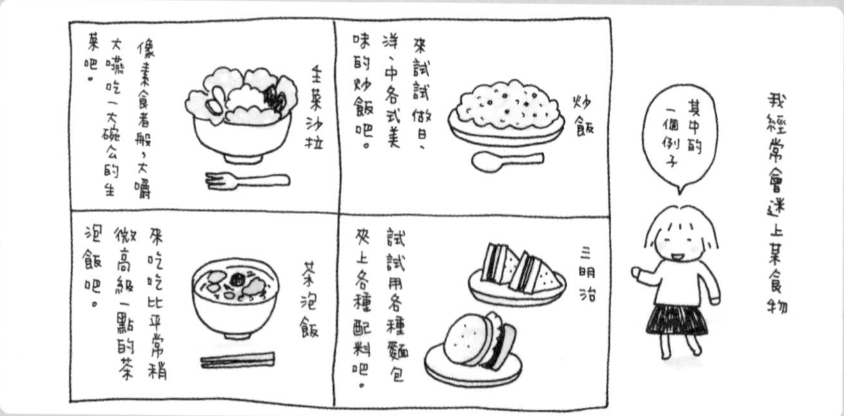
我經常會迷上某食物
其中的一個例子
炒飯
來試試做日、洋、中各式美味的炒飯吧。
生菜沙拉
像素食者般，大嚼大嚥吃一大碗公的生菜吧。
三明治
試試用各種麵包夾上各種配料吧。
茶泡飯
來吃吃比平常稍微高級一點的茶泡飯吧。

一旦迷上某種食物，每天就只想吃那東西，而且連續吃好幾天。
迷上了拉麵
買回去吃吃看吧。
豬骨拉麵
買回來各種的拉麵，自己加上各種配料，這也挺快樂的。
筍乾
叉燒肉
豆芽
為了追求自己理想口味的拉麵，每天不斷反覆實驗和研究。
豆芽菜用大火快炒一下。
滋～～～
麵不要煮太軟
雖然飲食這麼不均衡，但一個人住的話，也沒人會罵你。
可是連續幾天下來，也是會冷卻的。
……
咻嚕
拉麵也差不多吃膩了……
結果又回到平日的簡單飲食了。
還是這個最好吃!!
完

第一年
東京所有的景觀都讓我覺得很新奇。
這……這就是那有名的忠狗八公?!
八公
哇!可以看見東京鐵塔耶~~
照……照相機……
那就是ALTA嗚~~,『當然好』就是每天在那裡拍的耶!!
ALTA

第五年
看慣了。
八公
快速前行
過而不停

# My dear supermarket life.

## hitoriguroshi-mo gonen-me

我平常大都自己做飯，
所以經常上附近的超市買菜。
附近我常去的超市有三家。
我沒訂報紙，所以不會特別去留意
報紙中的廣告單。
（如果有訂的話，一定會很仔細地看……）
完全依當天的心情，來選擇要去哪一家超市。

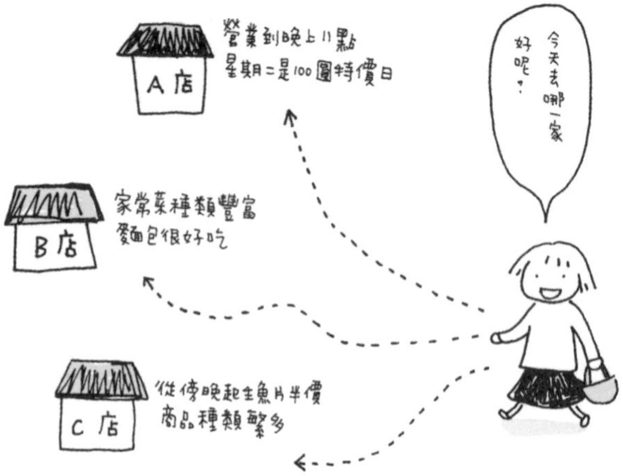
今天去哪一家好呢？
A店
營業到晚上11點
星期二是100圓特價日
B店
家常菜種類豐富
麵包很好吃
C店
從傍晚起生魚片半價
商品種類繁多

有時也會到了這家超市之後，又到另一家去。
可是拿著別家超市的購物袋進到店裡，似
乎擺明就是來「比價」的，真有點不好意思。

如果在第一家買的東西在第二家賣得比較貴，就會覺得有些得意……

我剛才才買158圓哩！
選
美生菜
198圓

但有時也會碰到相反的情況。

哎呀!!我剛才買198圓耶!!
震驚
大特價
蔥
100圓

有時去了第二家店後，結果還是又折回第一家店去買東西。

還是剛才那一家店便宜……
踉蹌……

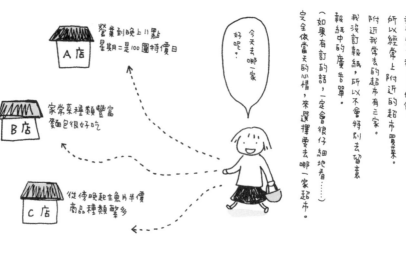

我喜歡的基本原則是「用那一天便宜買進的材料，做可以迅速完成的菜餚」。
秋刀魚
88圓
啊，秋刀魚好便宜喔。
今天就來個鹽烤秋刀魚吧。
像這種得自己裝袋的事，我老是做不來。
忐忑不安
不知道可不可以成功？
哇～～
沾到手了～!!
黏黏
濕濕
反觀一些經驗豐富的家庭主婦在這一方面就很厲害了。
把手伸進袋裡
一把抓2～3條
然後把袋子倒翻過來
翻
好厲害喔……

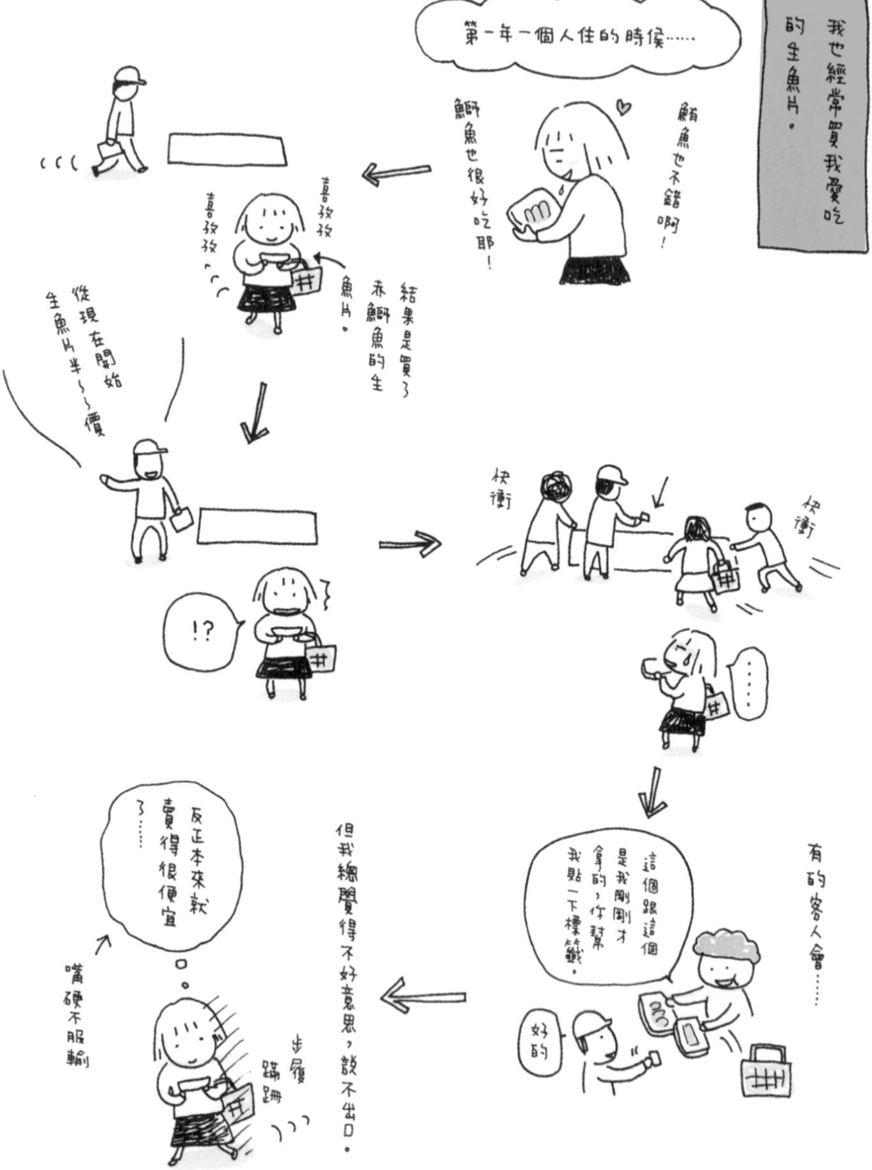

我也經常買我愛吃的生魚片。
第一年一個人住的時候……
鮪魚也不錯啊！
鰤魚也很好吃耶！
結果是買了赤鰤魚的生魚片。
喜孜孜
喜孜孜
從現在開始生魚片半～～價
!?
快衝
快衝
……
有的客人會……
這個跟這個是我剛剛才拿的，你幫我貼一下標籤。
好的
但我總覺得不好意思，說不出口。
反正本來就賣得很便宜了……
嘴硬不服輸
步履蹣跚

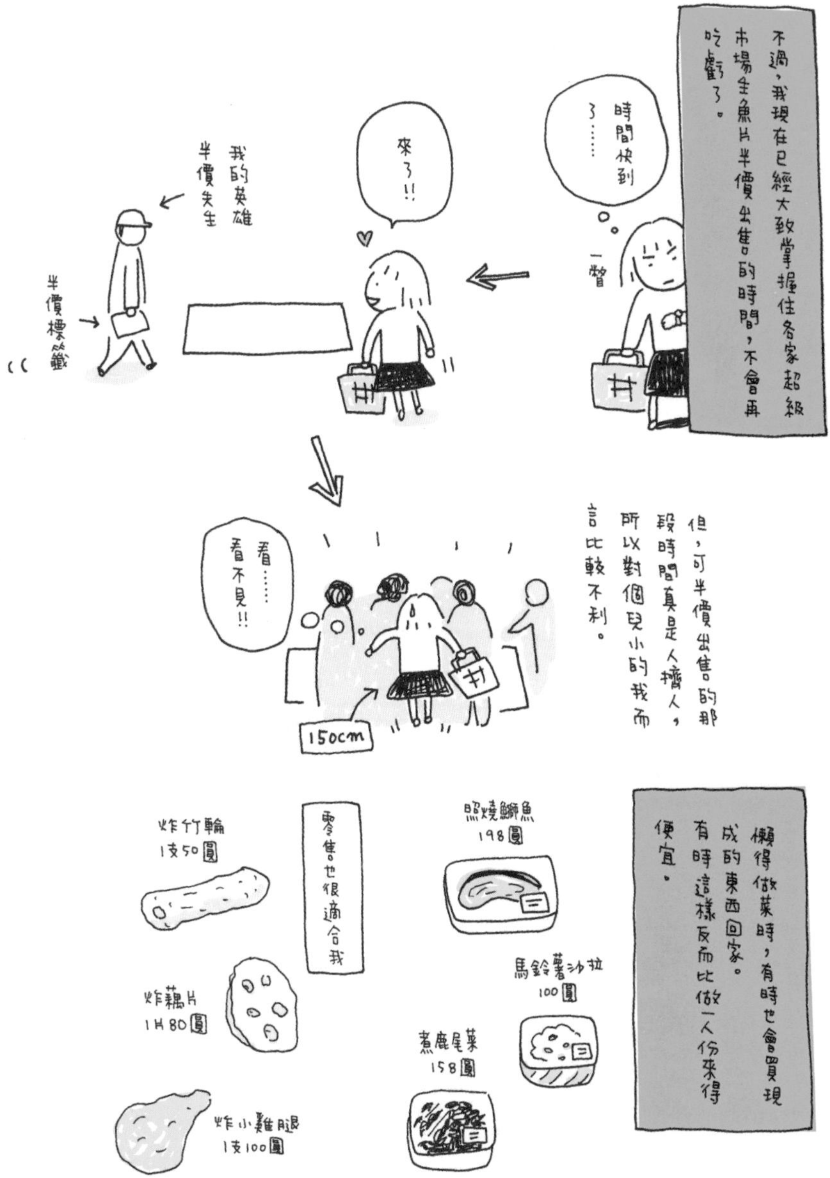

不過，我現在已經大致掌握住各家超級市場生魚片半價出售的時間，不會再吃虧了。
時間快到了……
一瞥
來了!!
我的英雄 半價先生
半價標籤
但，可半價出售的那段時間真是人擠人，所以對個兒小的我而言比較不利。
看……看不見!!
150cm
懶得做菜時，有時也會買現成的東西回家。有時這樣反而比做一人份來得便宜。
照燒鰤魚 198圓
零售也很適合我
炸竹輪 1支50圓
馬鈴薯沙拉 100圓
炸藕片 1片80圓
煮鹿尾菜 158圓
炸小雞腿 1支100圓

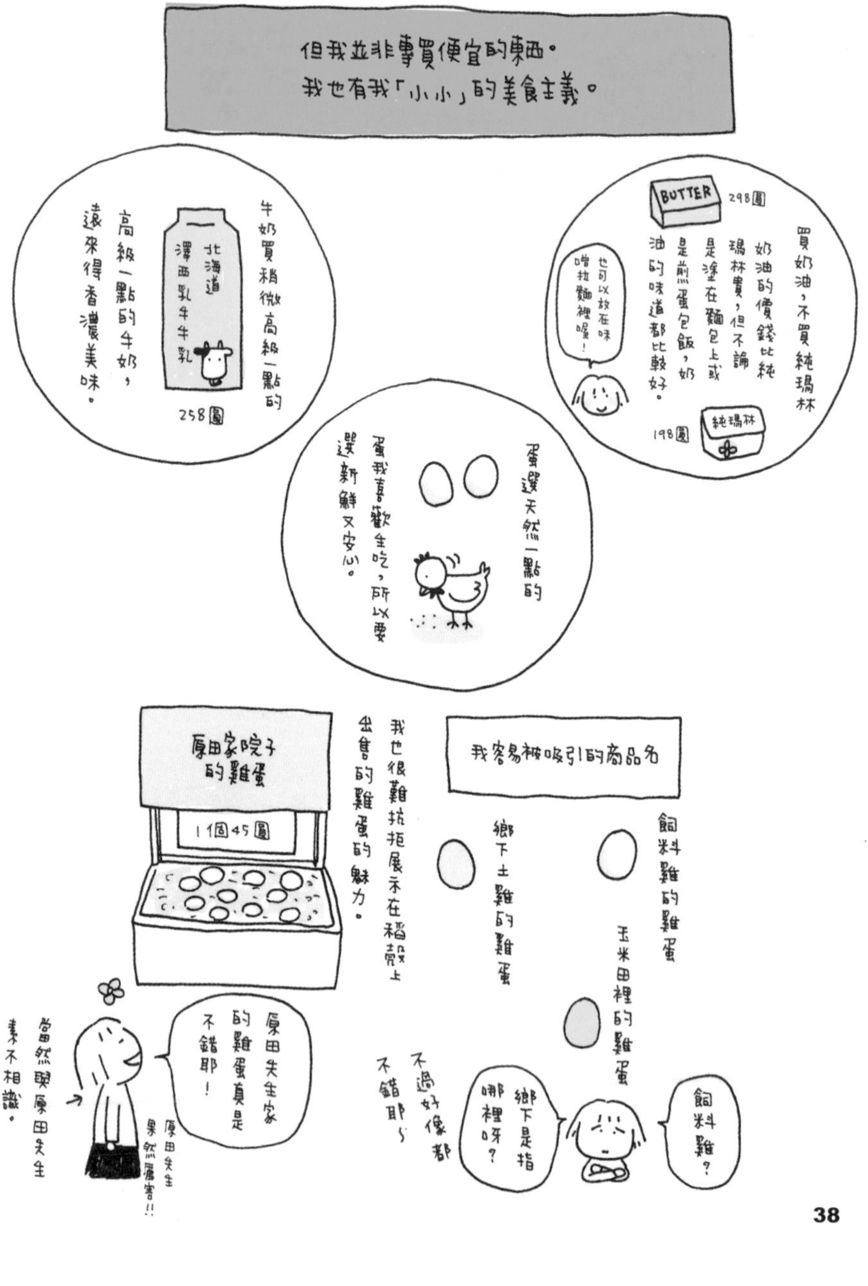
但我並非專買便宜的東西。
我也有我「小小」的美食主義。
牛奶買稍微高級一點的
高級一點的牛奶，遠來得香濃美味。
北海道 澤西乳牛牛乳
258圓
買奶油，不買純瑪林
奶油的價錢比純瑪林貴，但不論是塗在麵包上或是煎蛋包飯，奶油的味道都比較好。
BUTTER
298圓
也可以放在味噌拉麵裡喔！
純瑪林
198圓
蛋選天然一點的
蛋我喜歡生吃，所以要選新鮮又安心。
原田家院子的雞蛋
1個45圓
我也很難抗拒展示在稻殼上出售的雞蛋的魅力。
原田先生家的雞蛋真是不錯耶！
原田先生果然厲害!!
當然與原田先生素不相識。
我容易被吸引的商品名
飼料雞的雞蛋
鄉下土雞的雞蛋
玉米田裡的雞蛋
飼料雞？
鄉下是指哪裡呀？
不過好像都不錯耶～

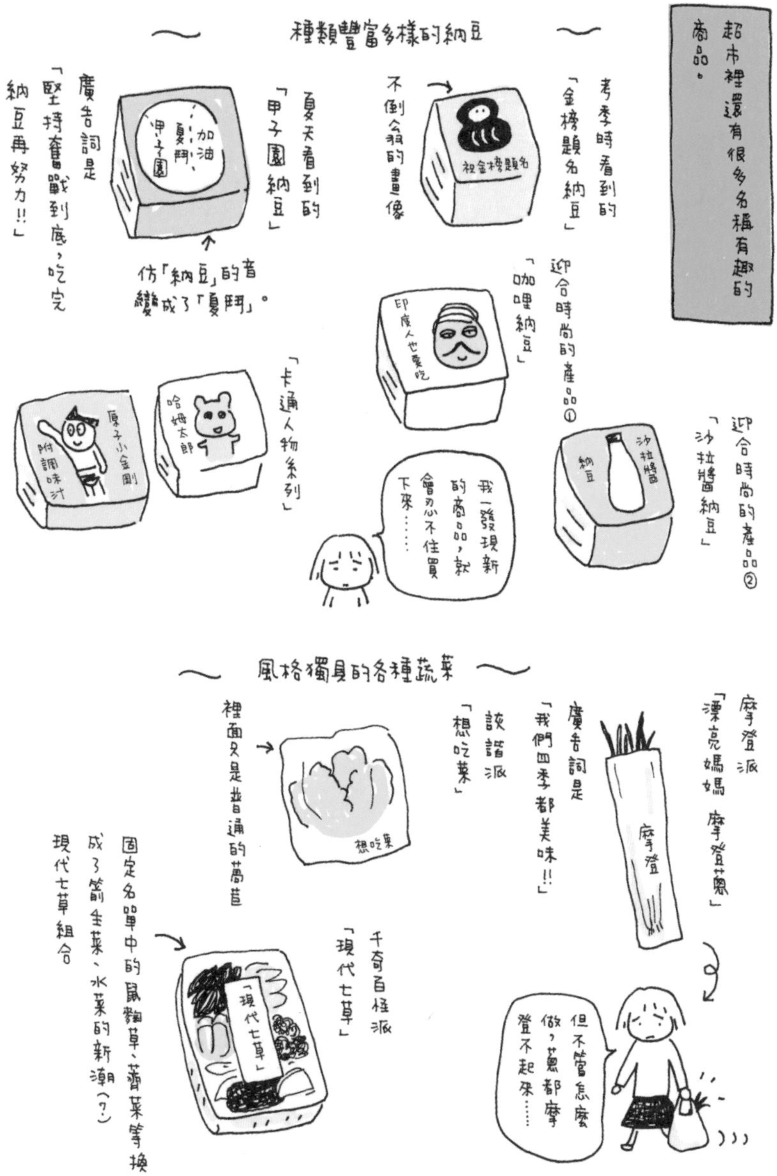
超市裡還有很多名稱有趣的商品。
種類豐富多樣的納豆
考季時看到的「金榜題名納豆」
不倒翁的畫像
祝金榜題名
夏天看到的「甲子園納豆」
加油、夏翈、甲子園
仿「納豆」的音變成了「夏翈」。
廣告詞是「堅持奮戰到底，吃完納豆再努力!!」
迎合時尚的產品①「咖哩納豆」
印度人也愛吃
迎合時尚的產品②「沙拉醬納豆」
沙拉醬
納豆
「卡通人物系列」
哈姆太郎
原子小金剛
附調味汁
我一發現新的商品，就會忍不住買下來……
風格獨具的各種蔬菜
摩登派「漂亮媽媽 摩登蔥」
摩登
廣告詞是「我們四季都美味!!」
詼諧派「想吃菜」
想吃菜
裡面只是普通的萵苣
千奇百怪派「現代七草」
「現代七草」
固定名單中的鼠麴草、薺菜等換成了茼蒿、水菜的新潮(?)現代七草組合
但不管怎麼做，蔥都摩登不起來……

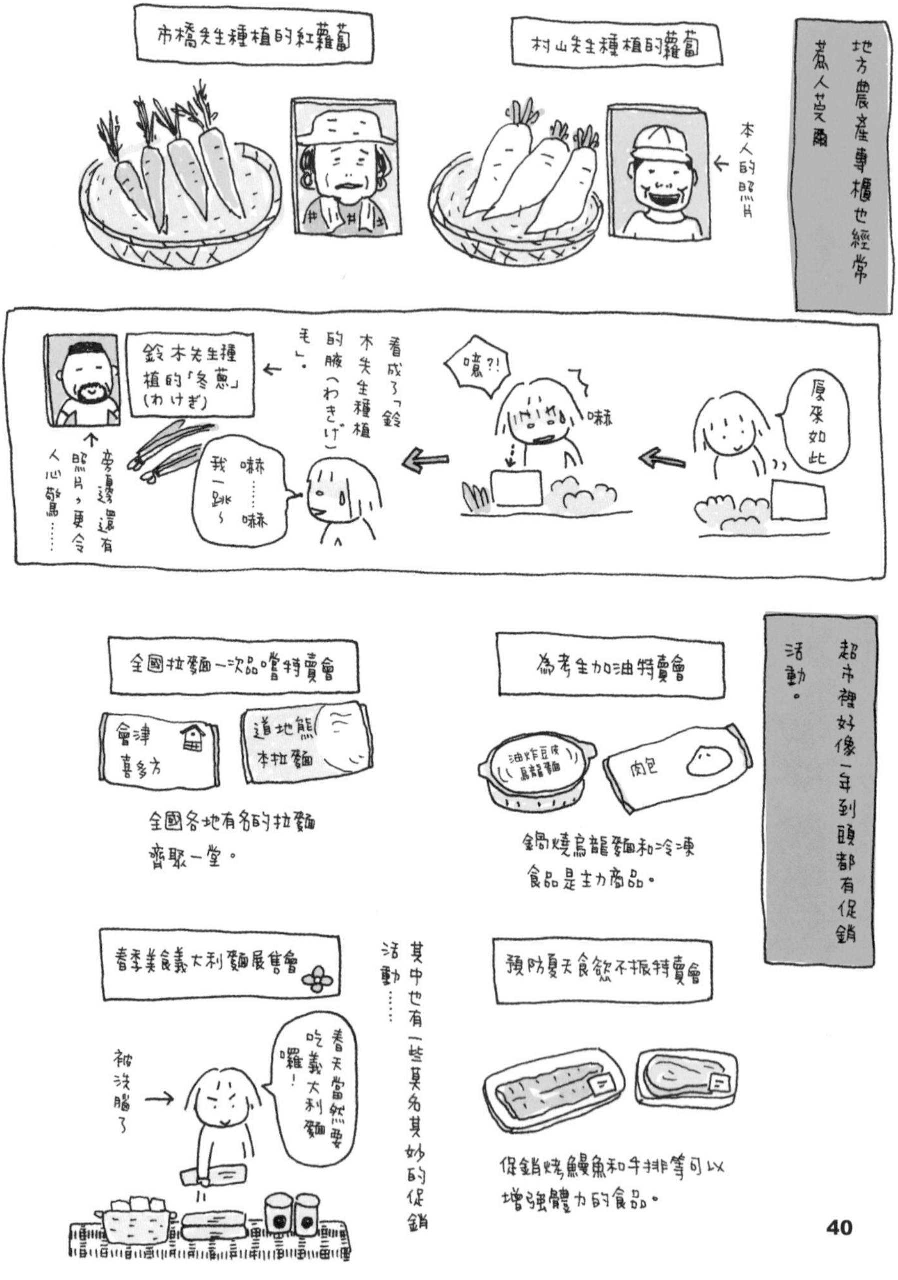
地方農產專櫃也經常惹人莞爾
市橋先生種植的紅蘿蔔
村山先生種植的蘿蔔
本人的照片
原來如此
噫?!
嚇
看成了「鈴木先生種植的腋毛（わきげ）」。
嚇……嚇我一跳~
鈴木先生種植的「冬蔥」（わけぎ）
旁邊還有照片，更令人心驚……
超市裡好像一年到頭都有促銷活動。
全國拉麵一次品嚐特賣會
會津喜多方
道地熊本拉麵
全國各地有名的拉麵齊聚一堂。
為考生加油特賣會
油炸豆皮烏龍麵
肉包
鍋燒烏龍麵和冷凍食品是主力商品。
春季美食義大利麵展售會
其中也有一些莫名其妙的促銷活動……
春天當然要吃義大利麵囉!
被洗腦了
預防夏天食慾不振特賣會
促銷烤鰻魚和牛排等可以增強體力的食品。

購物中途，
看了一下籃子裡……

如果全是些零嘴的話，就會覺得
很不好意思。
有時會想吃的洋芋片
泡麵賣得很便宜，所以就買起來放著
POTATO CHIPS
COLA
可樂
三連布丁
我未免太墮落了~~
臉紅……

看到連年輕男孩買的東西都
比我有內容，愈發覺得羞愧……
牛肉
白菜
有時會不禁裝一下門面。
放點蔬菜進去好了……
紅蘿蔔

另外像這種時候，
我也會覺得很不好意思。

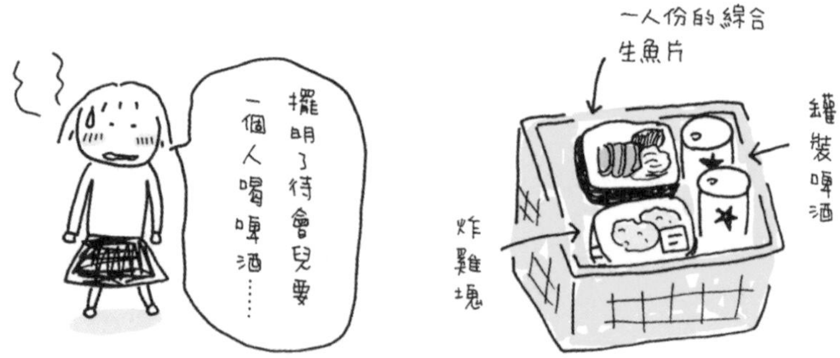
擺明了待會兒要
一個人喝啤酒……
一人份的綜合
生魚片
罐裝啤酒
炸雞塊

嗶
嗶
人家一看就知道我
今天要做咖哩……
豬肉
洋蔥
馬鈴薯
咖哩調味塊
CURRY

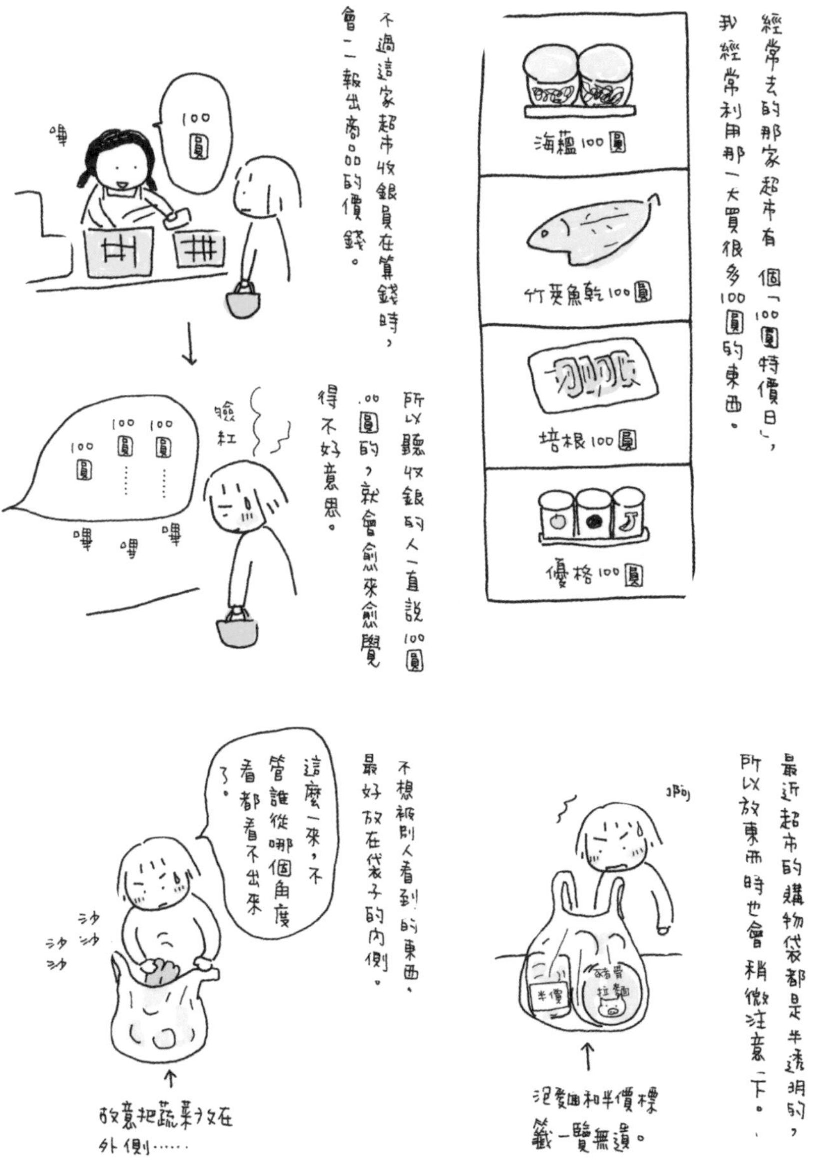
經常去的那家超市有個「100圓特價日」，我經常利用那一天買很多100圓的東西。
海藻100圓
竹莢魚乾100圓
培根100圓
優格100圓
不過這家超市收銀員在算錢時，會一一報出商品的價錢。
100圓
嗶
所以聽收銀的人一直說100圓100圓的，就會愈來愈覺得不好意思。
臉紅
100圓 100圓 100圓……
嗶 嗶 嗶
最近超市的購物袋都是半透明的，所以放東西時也會稍微注意一下。
半價
豬骨拉麵
泡麵和半價標籤一覽無遺。
不想被別人看到的東西，最好放在袋子的內側。
這麼一來，不管誰從哪個角度看都看不出來了。
沙沙 沙沙 沙沙
故意把蔬菜放在外側……

我喜歡吃長條法國麵包，
有時也會一次買整根。
呵呵呵
稍微烤一下，然後
塗上厚厚的奶油，
那可真是好吃極～
了。♡
平常從超市回家的路上
是這樣的……
然而一根法國麵包就可以
讓我有個美麗好心情。
心情是道地的
巴黎女人
不過，袋子裡的納豆
卻隱約可見……
完

# A mysterious relation of money and me.

## hitoriigurashi-mo gonen-me

開始一個人住之後，錢就全得自己管理了。
搔搔
晃晃
而且由於我的收入不固定，用錢時如果不加深思的話，馬上就會陷入財政困難的窘境。
家庭收支簿
高木直子
因此開始一個人住時，我便打算要好好記帳。
一個人住的第一年
嗯～～!!
我每天一定要好好記帳!!
首先列出支出的各個項目
·伙食費
·房租
·電費、瓦斯費
·交通費
·交際費
·畫具費
雜費……
如果買了什麼東西，一定要拿收據……
請給我收據
當天記到家庭收支簿裡
今天的伙食費是846圓
嘿嘿
記帳還挺有趣的嘛。
單純

可是，記家庭收支簿
其實滿困難的。
跟朋友一起吃蛋糕當作點心
這是算伙食費、還是交際費？
嗯～
咦？今天坐電車總共花了多少錢？
自言自語
先搭京王線，然後搭丸之內線，又搭了JR……
……算1000圓好了。
嗯
大家一起去喝酒的時候也……
檸檬雞尾酒，一杯～～
大家付錢囉！
不是還要去另外一家嗎？
ㄏ～～ㄔ～～
呼嚕
……昨天到底付了多少錢啊～～？
一點印象也沒有

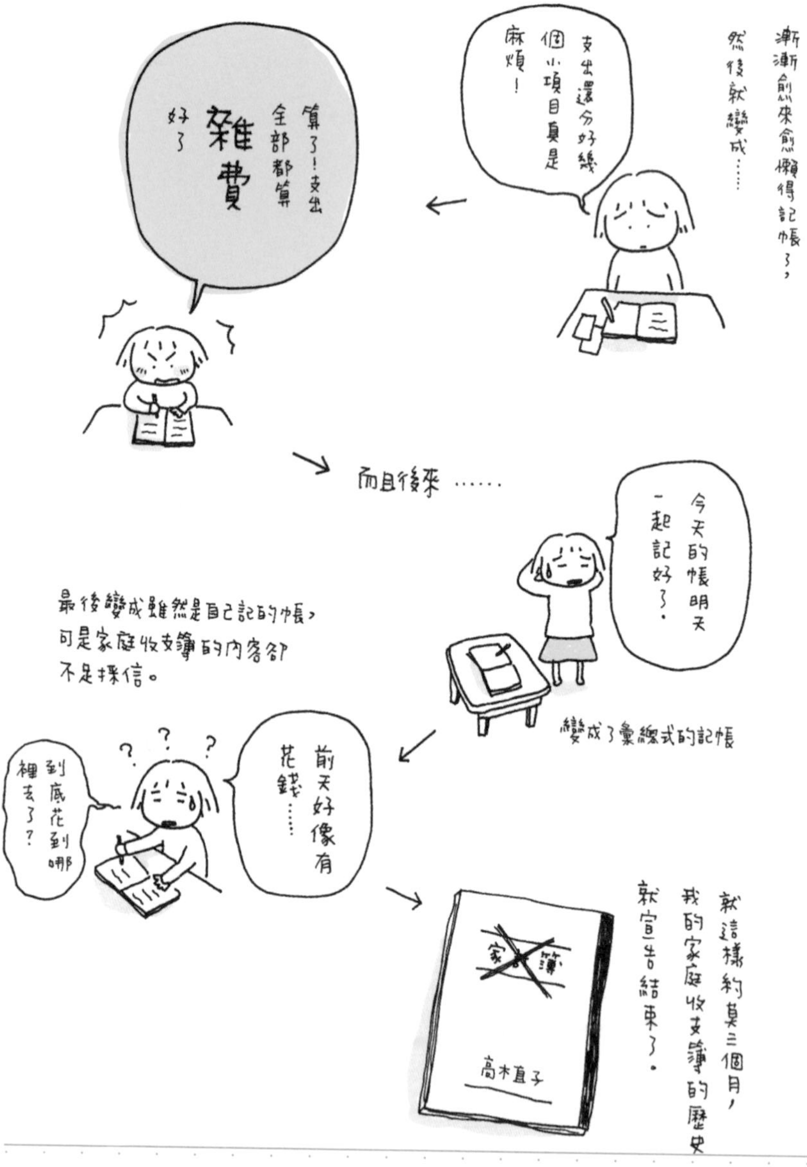
漸漸愈來愈懶得記帳了，
然後就變成……
支出還分好幾個小項目真是麻煩！
算了！支出全部都算
雜費
好了
而且後來……
今天的帳明天一起記好了。
變成了彙總式的記帳
最後變成雖然是自己記的帳，可是家庭收支簿的內容卻不足採信。
前天好像有花錢……
到底花到哪裡去了？
高木直子
就這樣約莫三個月，
我的家庭收支簿的歷史
就宣告結束了。

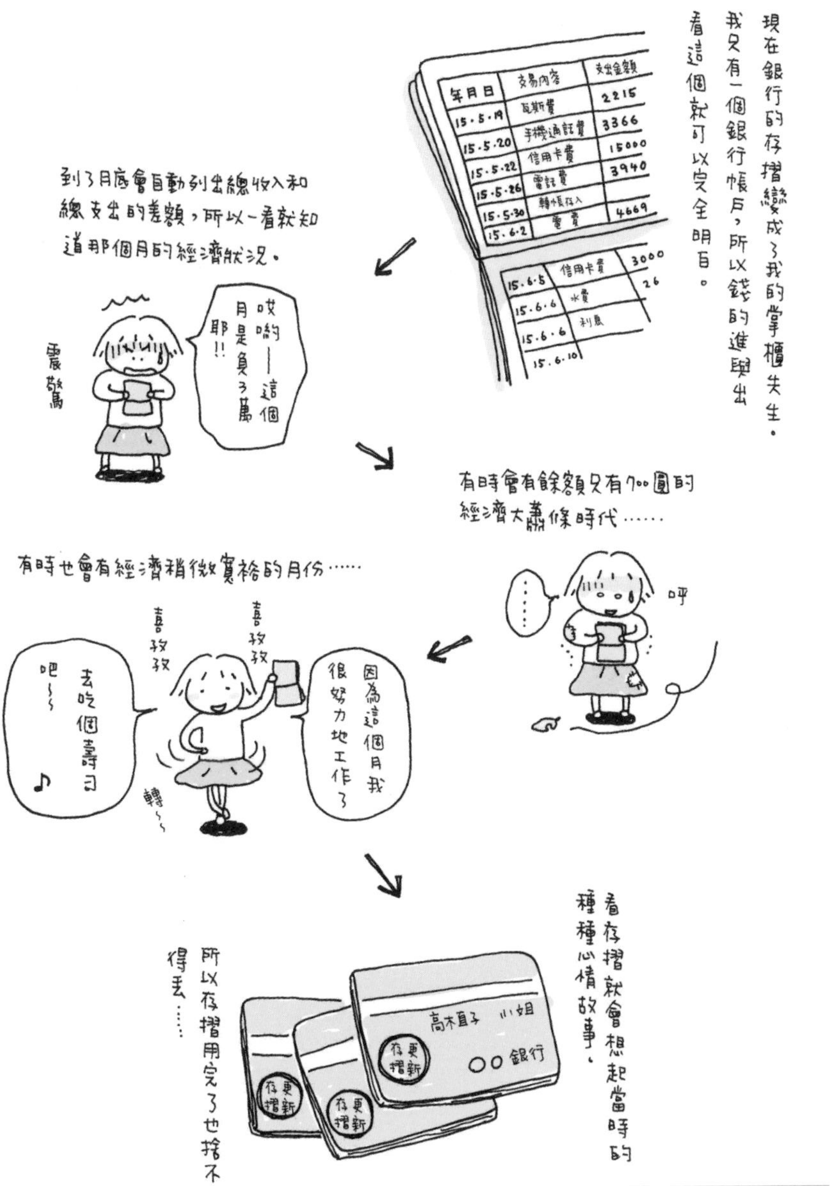
現在銀行的存摺變成了我的掌櫃先生。
我只有一個銀行帳戶，所以錢的進與出看這個就可以完全明白。
年月日 交易內容 支出金額
15.5.19 瓦斯費 2215
15.5.20 手機通話費 3366
15.5.22 信用卡費 15000
15.5.26 電話費 3940
15.5.30 轉帳存入
15.6.2 電費 4669
15.6.5 信用卡費 3000
15.6.6 水費 26
15.6.6 利息
15.6.10
到了月底會自動列出總收入和總支出的差額，所以一看就知道那個月的經濟狀況。
震驚
哎喲——這個月是負3萬耶!!
有時會有餘額只有700圓的經濟大蕭條時代……
……
呼
有時也會有經濟稍微寬裕的月份……
喜孜孜
喜孜孜
因為這個月我很努力地工作了
去吃個壽司吧~~♪
轉~~
看存摺就會想起當時的種種心情故事。
所以存摺用完了也捨不得丟……
高木直子 小姐
○○銀行
存摺更新
存摺更新
存摺更新

然而，這麼不會理財的我，也有一筆為了經濟極度窘困時所準備的「祕密存款」。
那就是這個
豬公撲滿
剛開始一個人住時，有一個朋友告訴我
我都把50圓的硬幣留起來，存在撲滿裡耶~~
500圓的話，實行起來比較困難，如果是50圓就可以持續下去喔。
她也是一個人住
有道理
有感於她的一番話，
好~~我也來實行50圓儲蓄計畫吧!!
所以我就開始了這項祕密基金。
從那以後，買東西時，我都會特別留意讓別人可以找給我50圓。
總共是1028圓。
那1100圓給妳找。
一有50圓硬幣就很積極地存下來。
叮鈴
叮鈴
我的努力終於有了收穫，第一代豬公已經滿了。現在是第二代豬公。
第一代
嗝
第二代
比第一代還大

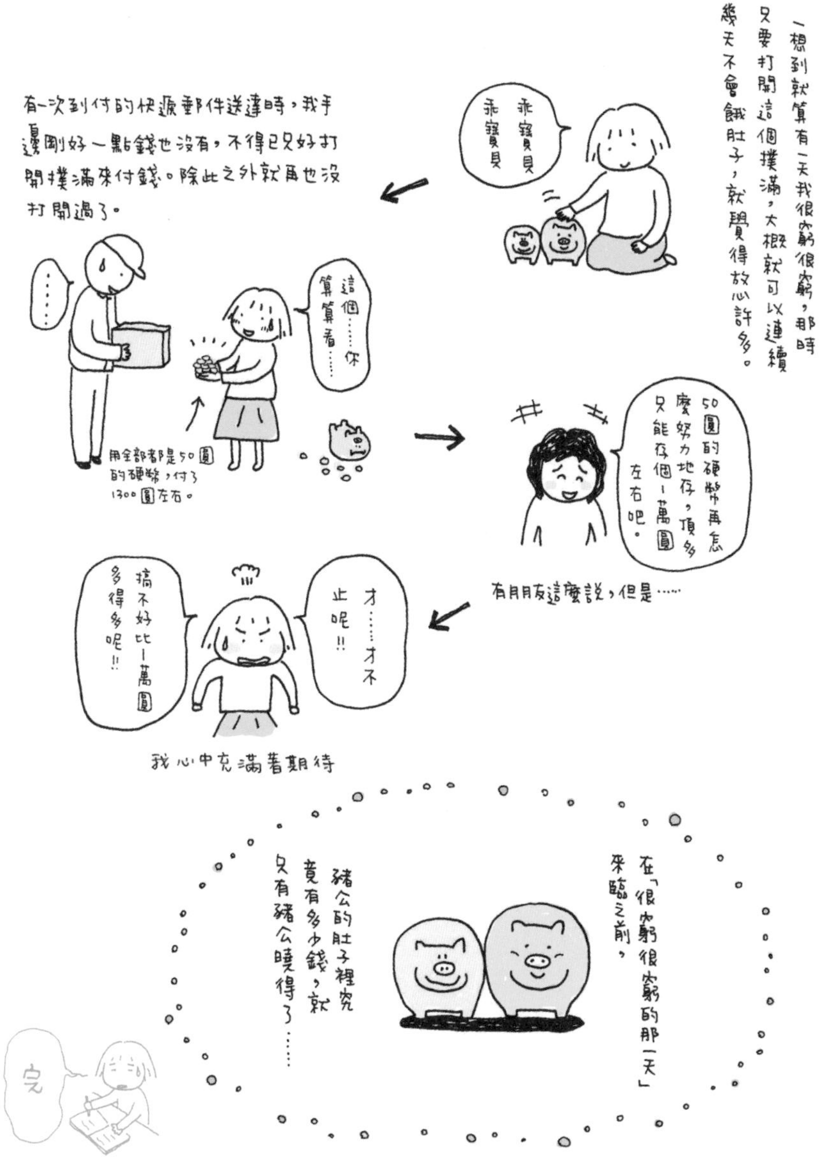
一想到就算有一天我很窮很窮，那時只要打開這個撲滿，大概就可以連續幾天不會餓肚子，就覺得放心許多。
乖寶貝 乖寶貝
有一次到付的快遞郵件送達時，我手邊剛好一點錢也沒有，不得已只好打開撲滿來付錢。除此之外就再也沒打開過了。
……
這個……你算算看……
用全部都是50圓的硬幣，付了1300圓左右。
50圓的硬幣再怎麼努力地存，頂多只能存個1萬圓左右吧。
有朋友這麼說，但是……
才……才不止呢!!
搞不好比1萬圓多得多呢!!
我心中充滿著期待
在「很窮很窮的那一天」來臨之前，
豬公的肚子裡究竟有多少錢，就只有豬公曉得了……
完

第一年
想要過有花朵陪伴的生活。
要為自己擺飾一些花朵
說什麼

第五年
捨花求蔬菜
買高麗菜好呢……
嗯嗯……
還是買萵苣呢……
鮮花398圓

# Great power of a little bathroom.

## hitoriguroshi-mo gonen-me

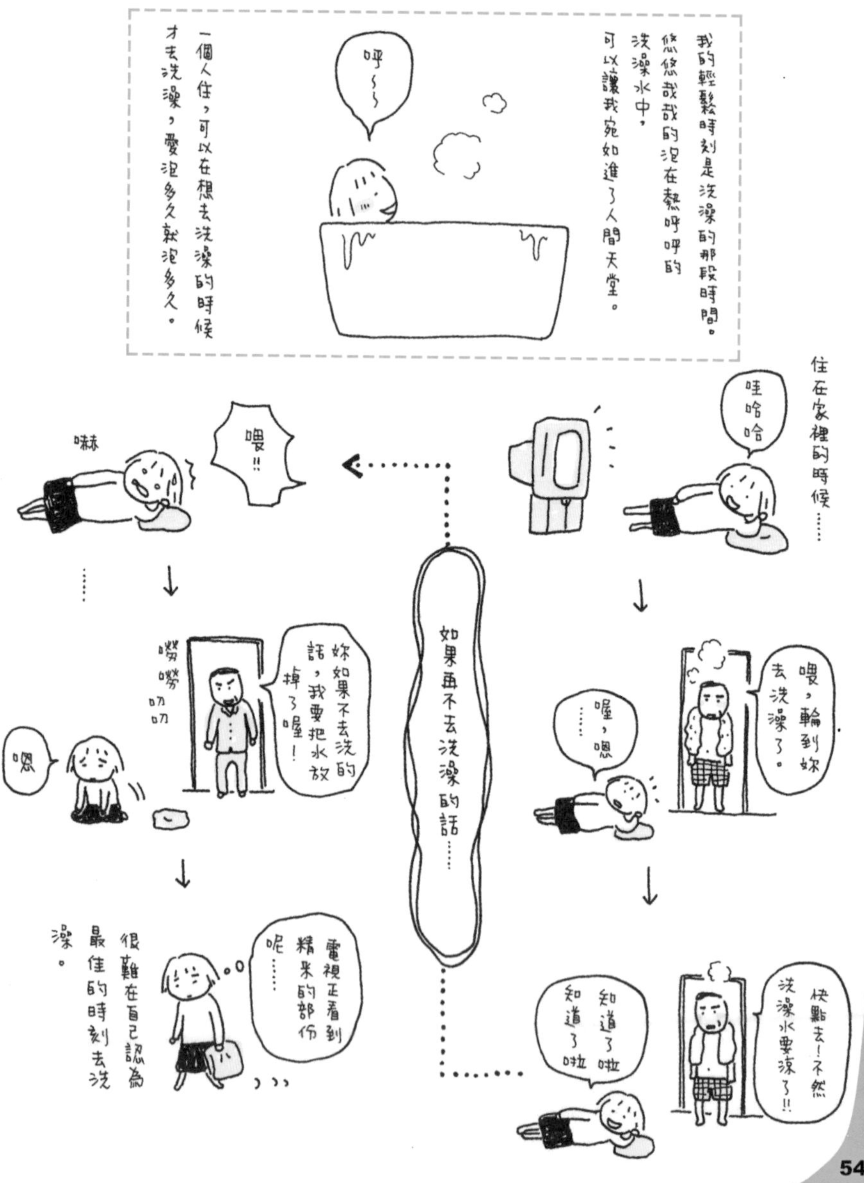
我的輕鬆時刻是洗澡的那段時間。
悠悠哉哉的泡在熱呼呼的洗澡水中，
可以讓我宛如進了人間天堂。
呼～～
一個人住，可以在想去洗澡的時候
才去洗澡，愛泡多久就泡多久。
住在家裡的時候……
哇哈哈
喂，輪到妳去洗澡了。
……喔，嗯
快點去！不然洗澡水要涼了!!
知道了啦
知道了啦
如果再不去洗澡的話……
喂!!
嚇
……
妳如果不去洗的話，我要把水放掉了喔！
嘮嘮叨叨
嗯
電視正看到精采的部份呢……
很難在自己認為最佳的時刻去洗澡。

但是一個人的話……
來個「半身浴」，
泡久一點……
一邊喝礦泉水……
放一些很奇怪的沐浴劑……
泥巴浴
來個泡泡浴……
耶
都不會有人有意見。
這真是太棒了。
潛水
在浴缸裡刷身上
的污垢……
喀
咯哧
咯哧
可惜我住的地方衛浴
設備是在一起的。
……
馬桶好佔空間喔！
一開始的時候還真用不慣呢。
不過，現在倒也習慣了。

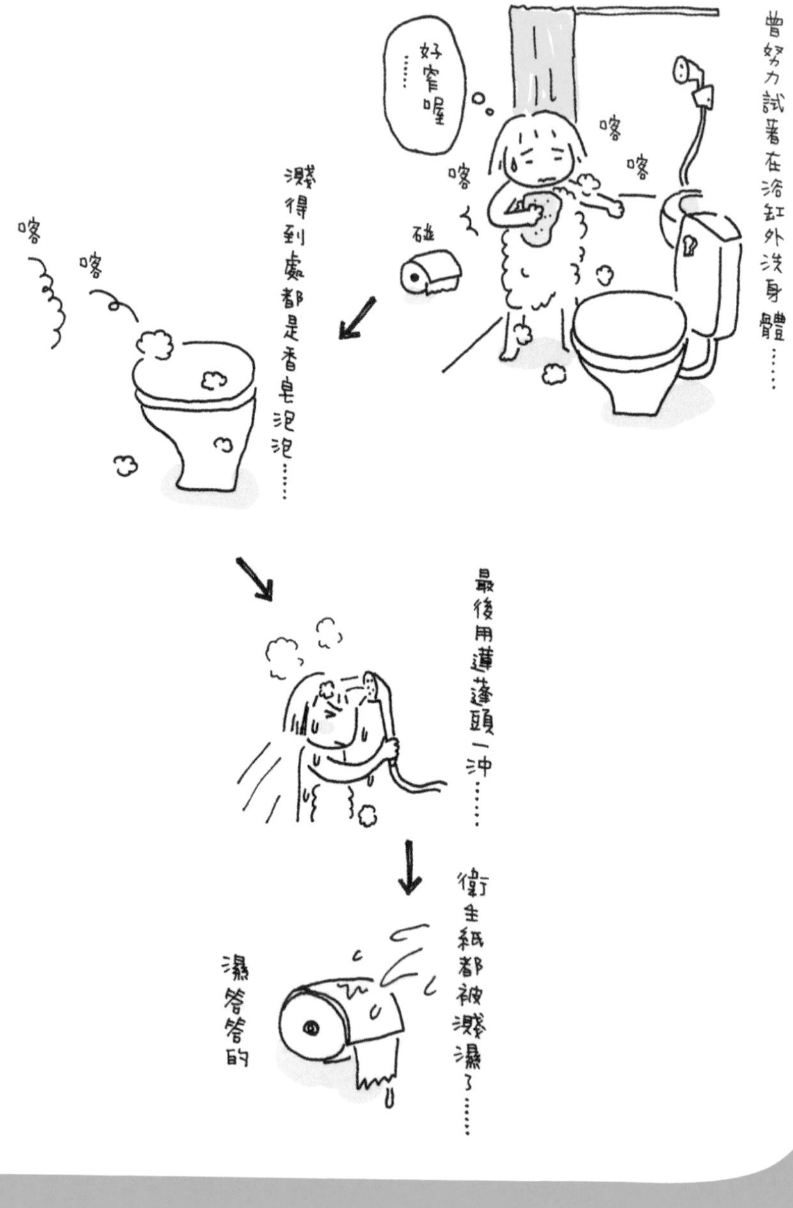
曾努力試著在浴缸外洗身體……
好窄喔……
喀
喀
喀
碰
濺得到處都是香皂泡泡……
喀
喀
最後用蓮蓬頭一沖……
衛生紙都被濺濕了……
濕答答的

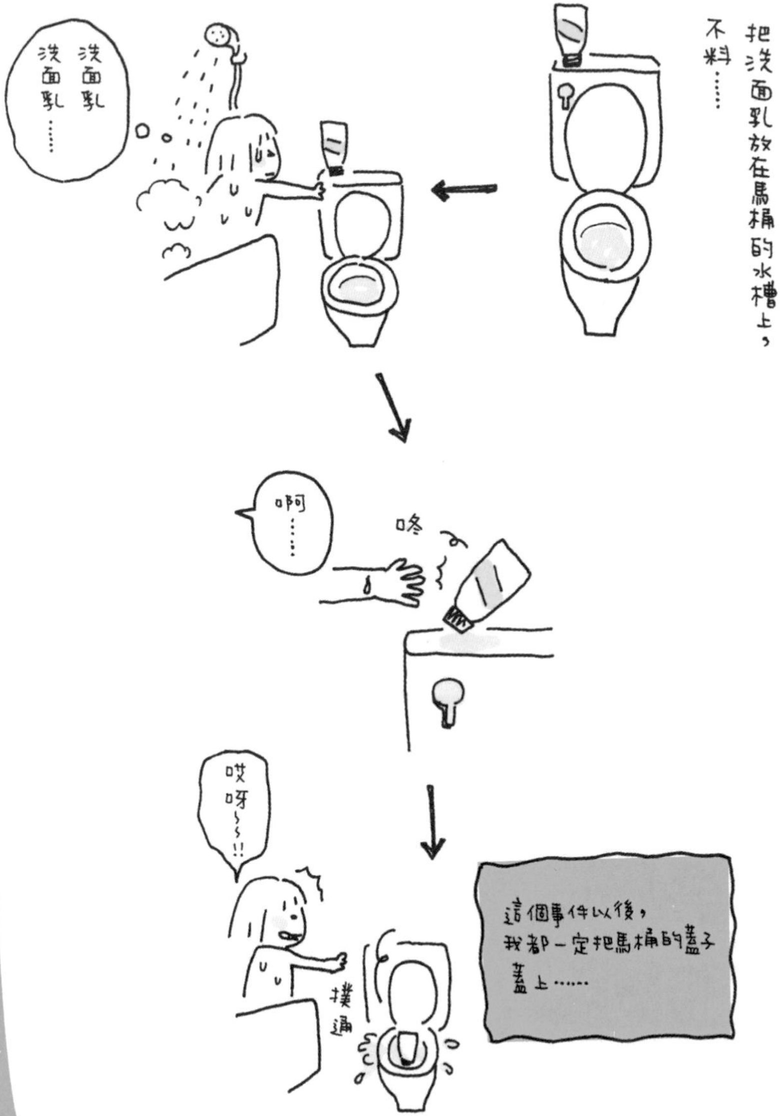
把洗面乳放在馬桶的水槽上，
不料……
洗面乳
洗面乳……
啊……
咚
哎呀~~!!
撲通
這個事件以後，
我都一定把馬桶的蓋子
蓋上……

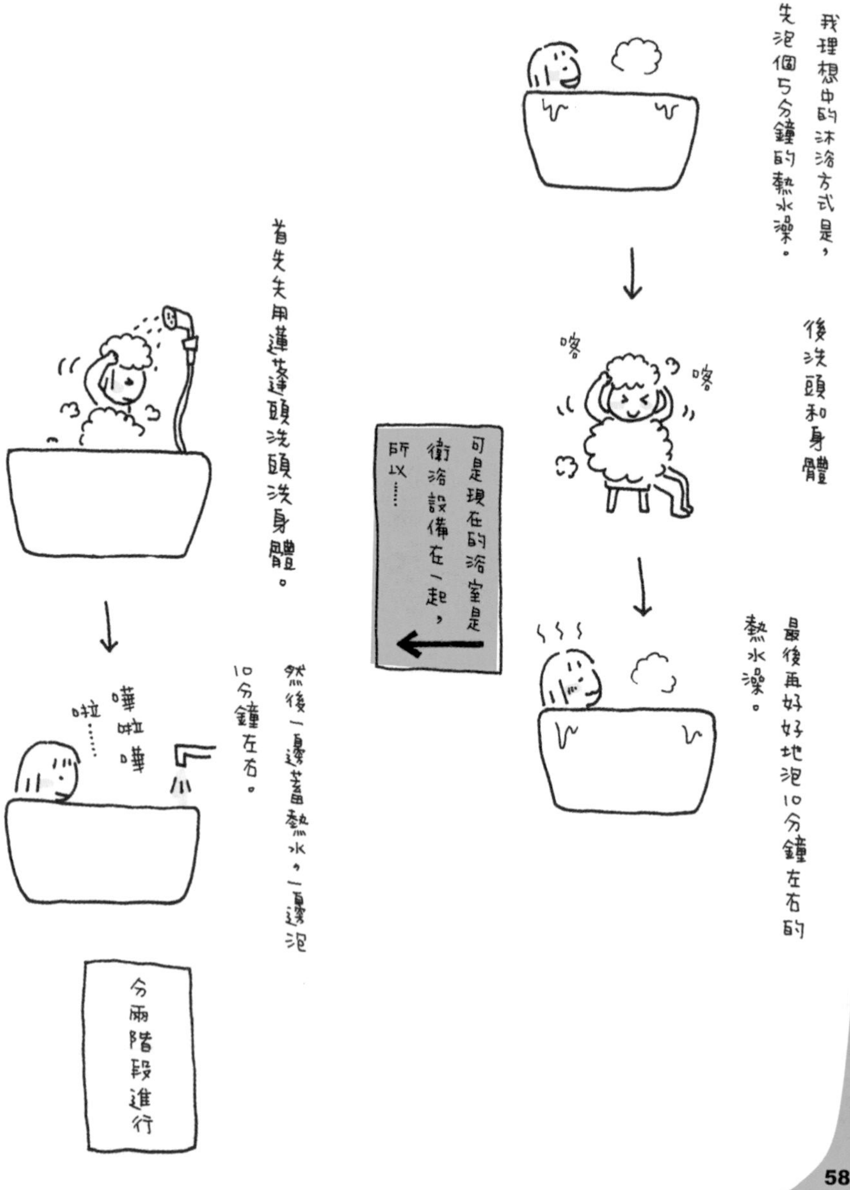

我理想中的沐浴方式是，
先泡個5分鐘的熱水澡。
後洗頭和身體
咯
咯
最後再好好地泡10分鐘左右的熱水澡。
可是現在的浴室是
衛浴設備在一起，
所以……
首先先用蓮蓬頭洗頭洗身體。
然後一邊蓄熱水，一邊泡
10分鐘左右。
嘩啦嘩
啦……
分兩階段進行

在熱水蓄滿之前，
心情是有些孤寂的。
好冷喔……好……
嘩啦啦
特別是冬天真的好冷耶。
讓身體可以泡到熱水，
於是就橫躺在浴缸裡……
嗚……
嘩啦啦
不過現在就
安慰自己，
這可是瀑布浴呢~~
來排遣孤寂。
沐浴時的小小樂趣是嘗試各種
不同的沐浴劑。
我偏好香味和顏色都淡一點的
比較天然的沐浴劑。
艾蒿浴
MILK
葡萄柚
加了海鹽的沐浴劑
的特色是，用了之
後皮膚變得很有
活力與彈性。
SOLT
加了辣椒的沐
浴劑用了之後
身體暖呼呼的
，很適合冬天
使用。
PEPPER
我也喜歡櫻花
的香味
有櫻葉麻
糬的味道。

一邊泡在加了心愛的沐浴劑的
洗澡水裡，
一邊刷牙……
乃是我的一大幸福時光。

有時會故意讓洗澡水溢出來。
這麼做可以有一種奢侈富裕的感覺
也可以順便打掃地板。
沐浴劑的香味也會留在地板上，
真是一舉兩得。

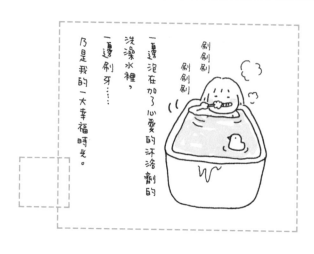

我現在住的公寓浴室牆壁好像很薄。
洗澡的時候，經常可以聽見隔壁鄰居傳來的聲響。
碰……
喀……
咦？隔壁的人回來了。
偶爾也會聽到吵架的聲音
焦慮不安
女
你不要太過份喔～
男
少囉唆
隔壁住的是一對同居的年輕男女。
他們的生活好像很拮据。
男
啊～被斷電了～
女
真的？
……
有時竟然覺得這樣偷聽別人的對話也滿有趣

但是我一泡在浴缸裡，經常就不由得哼起歌來。
想念你～～ 思念你～～ 想你想到想哭的夜晚～！
哎呀……糟糕！該不會被隔壁聽到了吧？
啪吧啪吧
而且我唱的是那麼老的歌……
有時也會一邊泡澡一邊喝啤酒。這樣喝酒很容易醉，所以一罐啤酒就可以讓我心情舒暢起來。
呼
天堂天堂
酒量不好的人這麼做是很危險的。
這個則成了我的小茶几，
儘管這麼做很沒情趣……。
BEER
洗完澡後全身舒暢，馬上就會進入夢鄉……。
呼—

泡澡的時候，可以完全沉浸在自己的世界裡。

或思考……

或看書……

遇到非常悲傷的事，想要好好痛哭一場時，有時也會躲到浴室裡。

在浴缸裡，儘管眼淚撲簌撲簌地掉，鼻水唏哩嘩啦地流，也都會消失在洗澡水中……

把混有眼淚、鼻水的洗澡水一口氣流掉的話……

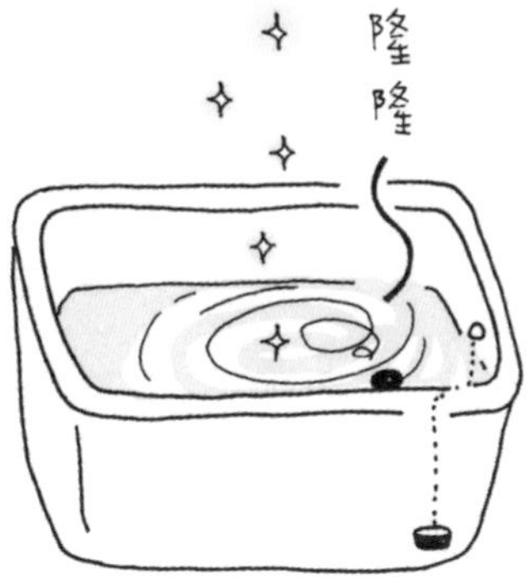


就彷彿悲傷也會一起流走。

浴室也是可以讓我振作精神的地方。

一個人住的話，洗完澡後光著身子
不穿衣服也沒關係。
夏天經常暫時裹著一條浴巾，
在屋裡晃來晃去。

洗澡洗得好舒服～～
又繼續喝喝啤酒……

不過洗完澡後，有一件事
是非做不可的。

濕漉漉

我家的浴室通風效果不太好。
即使抽風機開一整天也不知不
覺間就長黴了。

我的秘密武器就是窗戶用的
「去除水滴刮刀」

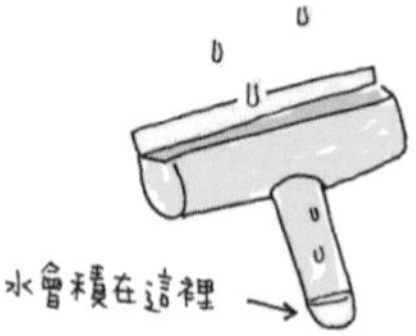
水會積在這裡

洗完澡後，如果用這個把牆壁上、
地板上的水滴去掉，浴室裡就會乾
得很快。

孜孜不倦
努力不懈
地板上的水滴則集中
到排水孔那兒去。

不管在浴室裡再怎麼逃避現
實，洗完澡後仍有「清除水滴」
的這項現實在等著我……。

完

# Lonely sleepless night frightened by horror video.

## hitorigurashi-mo gonen-me

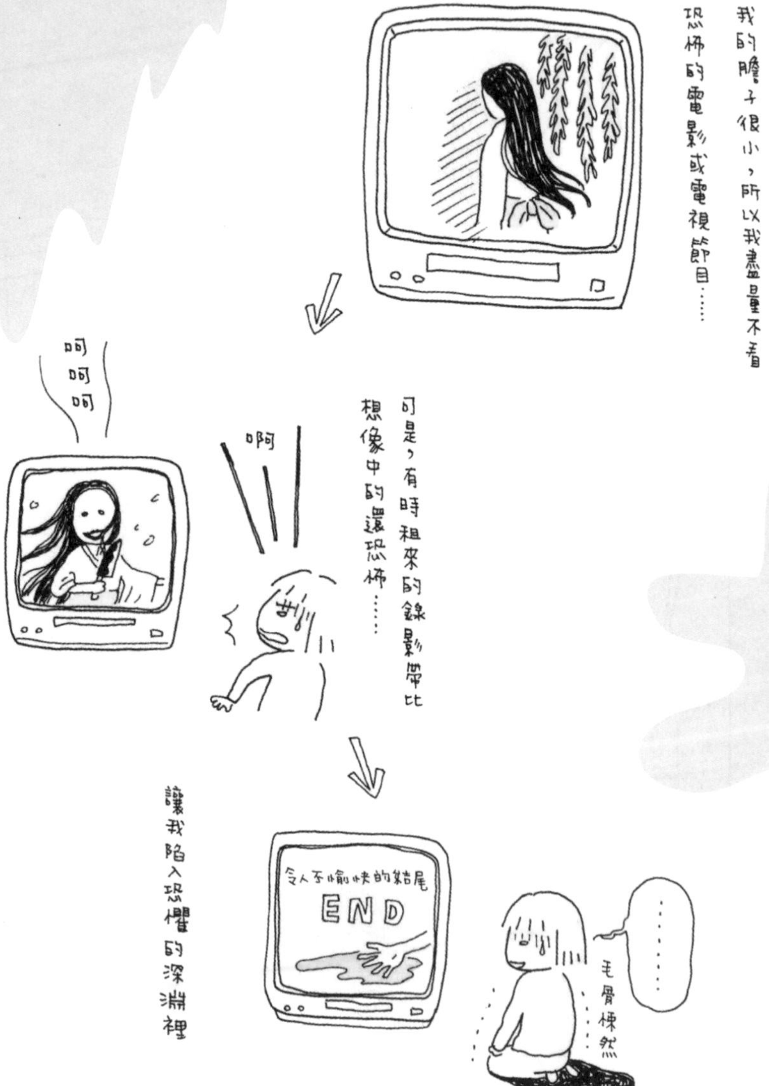

我的膽子很小，所以我盡量不看
恐怖的電影或電視節目……
呵呵呵
啊
可是，有時租來的錄影帶比
想像中的還恐怖……
令人不愉快的結尾
END
……
毛骨悚然
讓我陷入恐懼的深淵裡

心裡一旦萌生恐懼，就很難平復，不論什麼事情都會無來由地害怕起來。
啪……
什……什麼聲音？該不會是撕保鮮膜的聲音吧？
嚇
水……水龍頭突然開始滴水了。
怪異現象?!
滴滴答答
嗡~~
哎呀—
冰……冰箱在呻吟~~

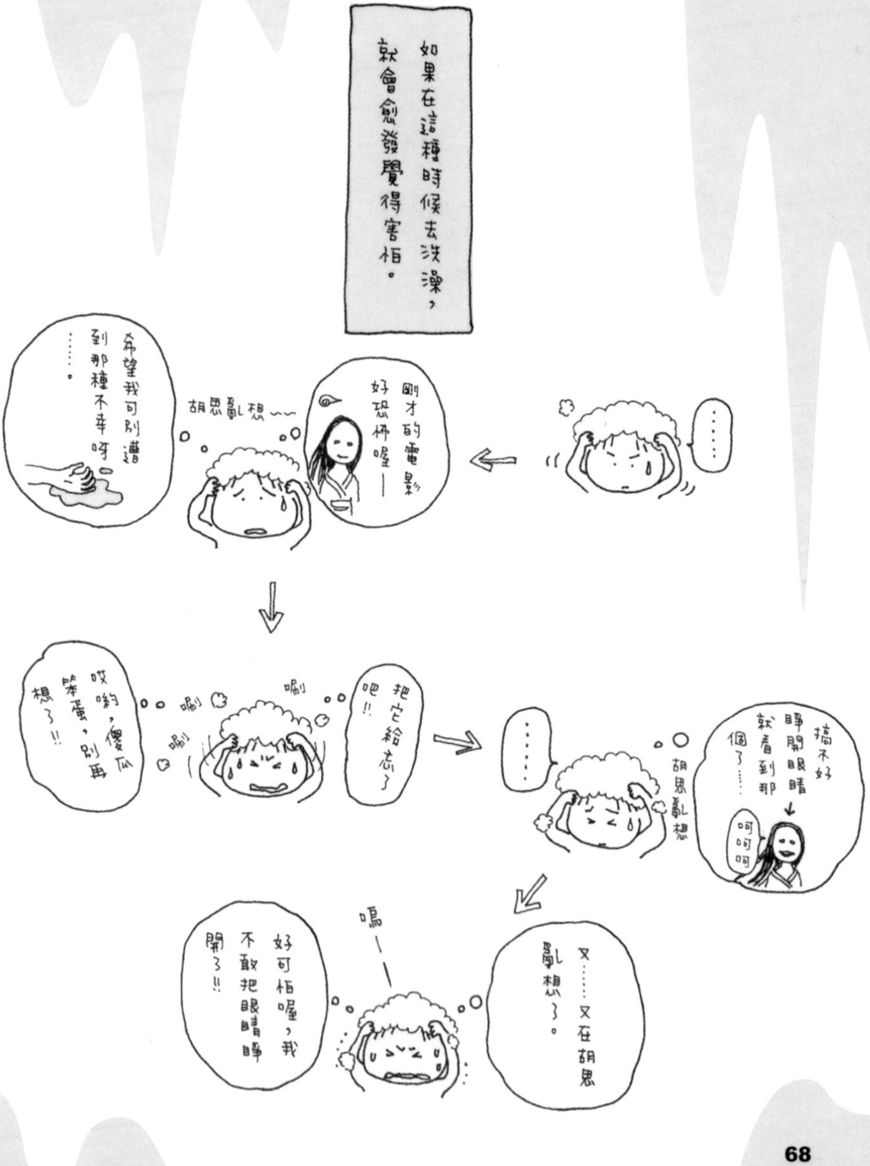
如果在這種時候去洗澡，
就會愈發覺得害怕。
……
胡思亂想～～
剛才的電影好恐怖喔——
希望我可別遭到那種不幸呀……。
哎喲，傻瓜笨蛋，別再想了!!
唰
唰
唰
把它給忘了吧!!
……
胡思亂想
搞不好睜開眼睛就看到那個了……
呵呵呵
又……又在胡思亂想了。
嗚——
好可怕喔，我不敢把眼睛睜開了!!

撲通
……
如果在浴缸裡，突然腳被抓住，那一定很恐怖……
抓
啊~~
亂想~~
嗚嗚嗚……
自己把自己嚇得半死

躲到棉被裡，還是覺得很害怕。
房間裡如果暗暗的，會覺得很恐怖，所以燈會一直點著。
電視也一直開著
最好是看電視購物之類沒營養又不沉悶的節目。
啊
好……好像有人影走過去耶。
一躍而起
緊抓
我……好害怕喔……
好想看到自己以外的人類喔，不管誰都行……
哇～～
趕快天亮吧～～!!

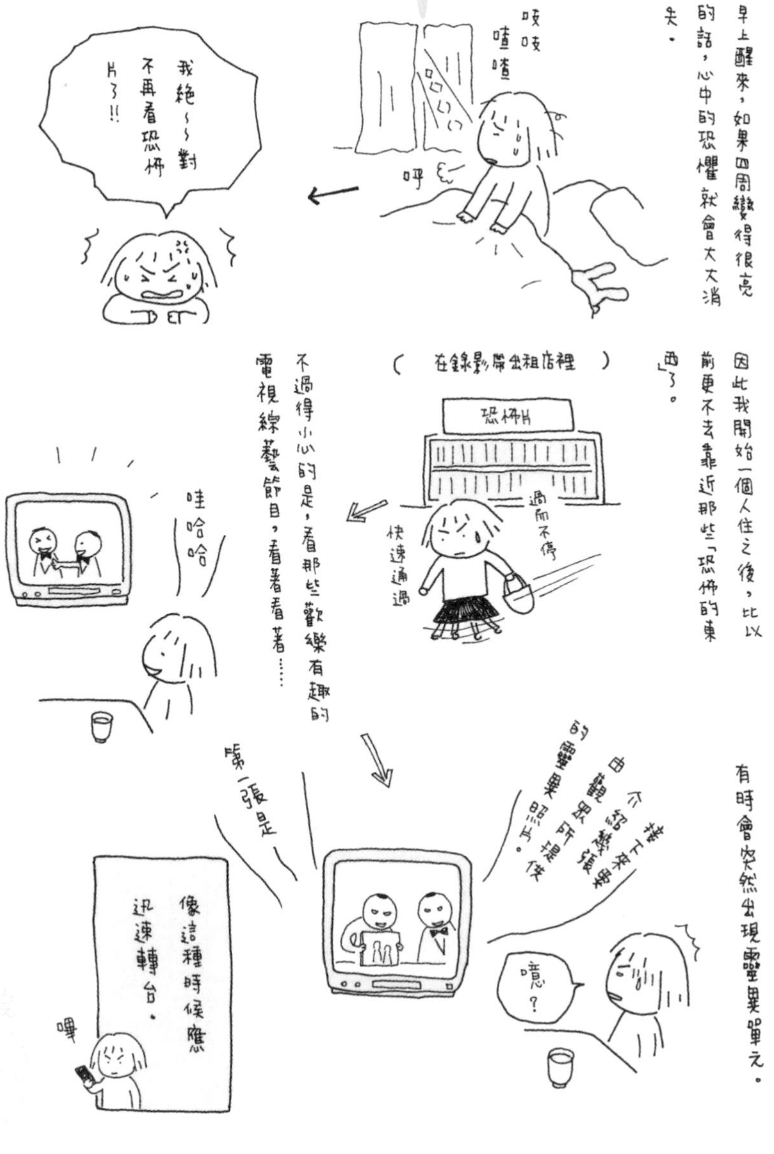
早上醒來，如果四周變得很亮的話，心中的恐懼就會大大消失。
吱吱
喳喳
呼～
我絶～～對不再看恐怖片了!!
因此我開始一個人住之後，比以前更不去靠近那些「恐怖的東西」了。
（在錄影帶出租店裡）
恐怖片
過而不停
快速通過
不過得小心的是，看那些歡樂有趣的電視綜藝節目，看著看著……
哇哈哈
有時會突然出現靈異單元。
接下來要介紹由觀眾所提供的靈異照片。
第一張是
噫？
像這種時候應迅速轉台。
嗶

第一年
覺得打電話給爸媽很不好意思，
該說些什麼
扭扭捏捏
好呢？
所以老是不敢打電話。

第五年
已經習慣了。
啊，爸……
生日快樂！
不過還是有點不好意思……

# Home sweet home

## hitorigurashi-mo gonen-me

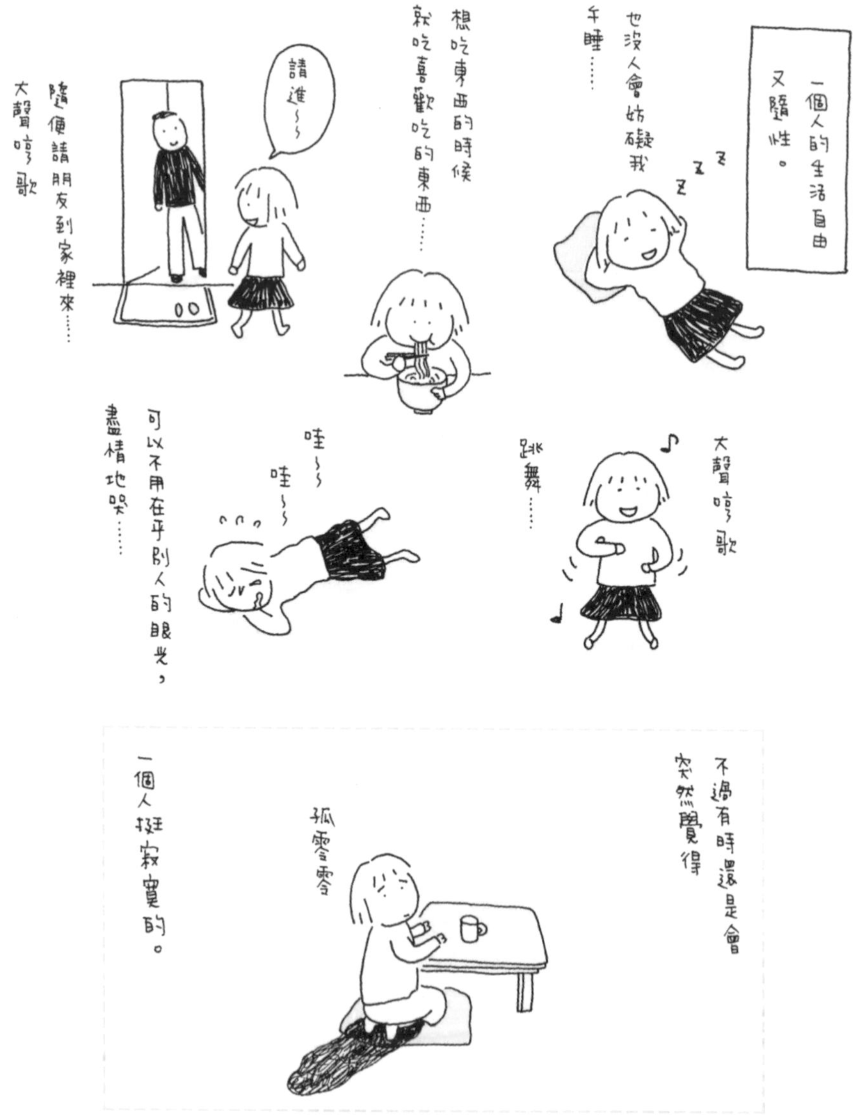
一個人的生活自由
又隨性。
也沒人會妨礙我
午睡……
想吃東西的時候
就吃喜歡吃的東西……
請進~~
隨便請朋友到家裡來……
大聲哼歌
大聲哼歌
跳舞……
哇~~
哇~~
可以不用在乎別人的眼光，
盡情地哭……
不過有時還是會
突然覺得
孤零零
一個人挺寂寞的。

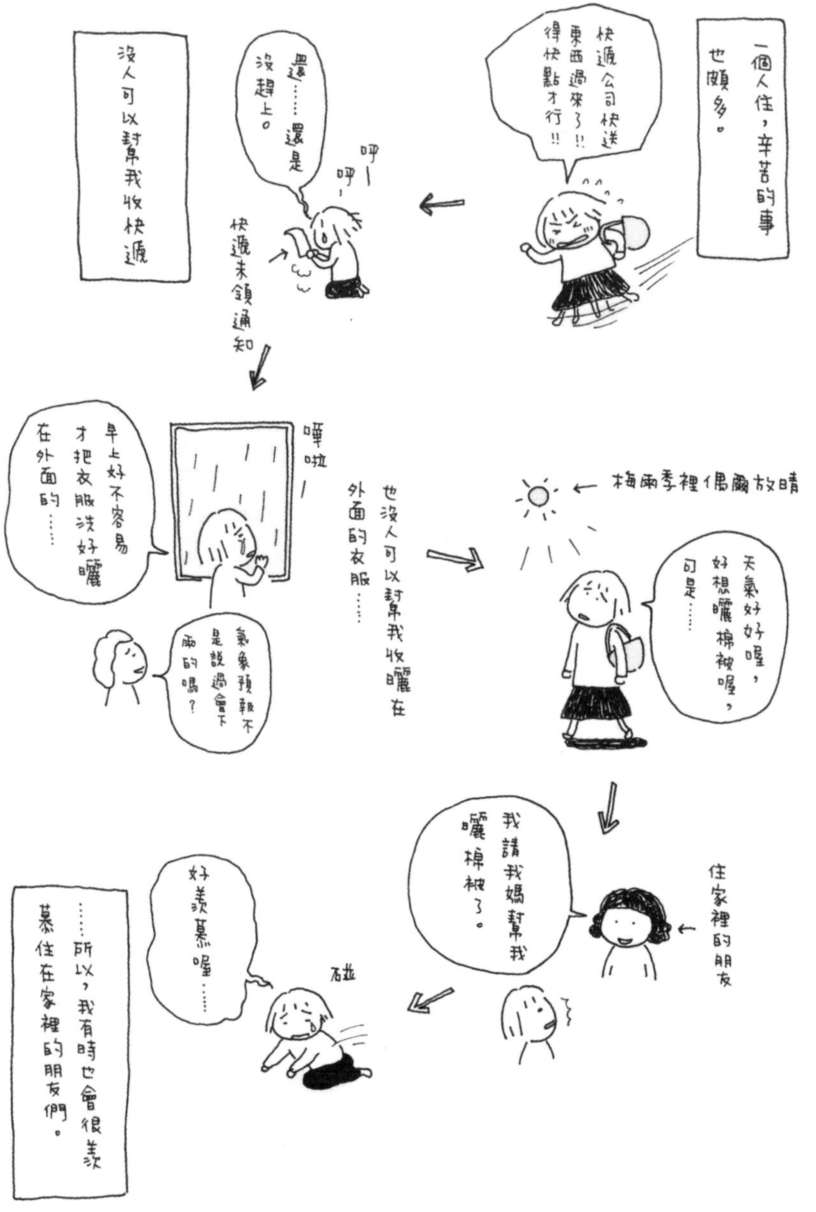
一個人住，辛苦的事也頗多。
快遞公司快送東西過來了!!得快點才行!!
呼—呼—
還……還是沒趕上。
快遞未領通知
沒人可以幫我收快遞
梅雨季裡偶爾放晴
天氣好好喔，好想曬棉被喔，可是……
也沒人可以幫我收曬在外面的衣服……
嘩啦
早上好不容易才把衣服洗好曬在外面的……
氣象預報不是說過會下雨的嗎?
住家裡的朋友
我請我媽幫我曬棉被了。
好羨慕喔……
碰
……所以，我有時也會很羨慕住在家裡的朋友們。

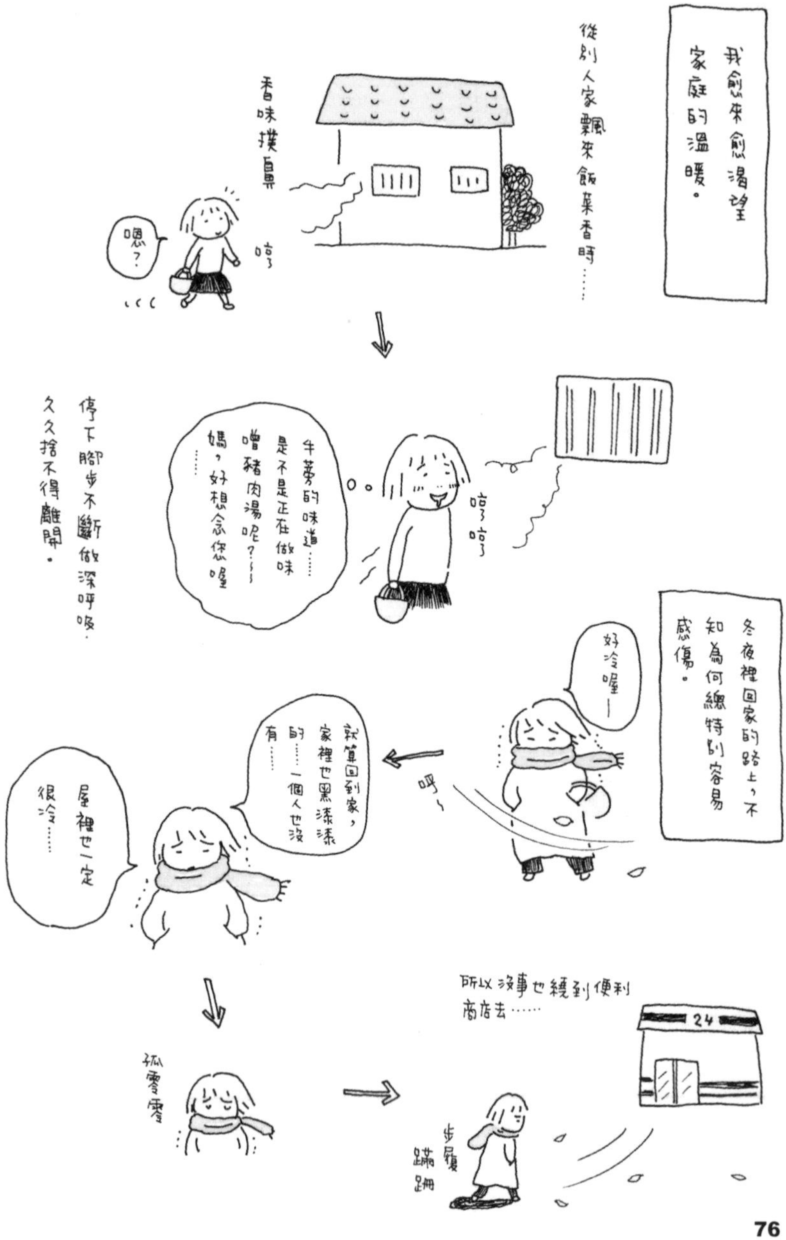
我愈來愈渴望家庭的溫暖。
從別人家飄來飯菜香時……
香味撲鼻
哼
嗯？
牛蒡的味道……是不是正在做味噌豬肉湯呢？~~媽，好想念您喔……
哼哼
停下腳步不斷做深呼吸，久久捨不得離開。
冬夜裡回家的路上，不知為何總特別容易感傷。
好冷喔—
呼~
就算回到家，家裡也黑漆漆的……一個人也沒有……
屋裡也一定很冷……
孤零零
所以沒事也繞到便利商店去……
24
步履蹣跚

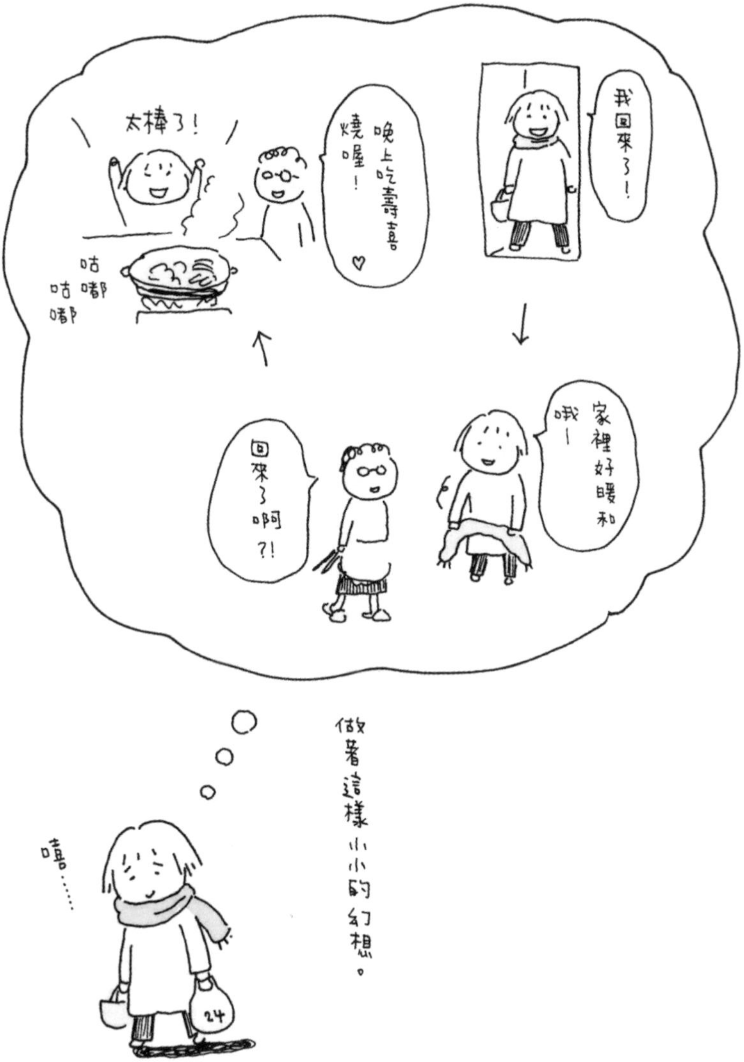
我回來了！
家裡好暖和哦—
回來了啊?!
晚上吃壽喜燒喔！♡
太棒了！
咕嘟咕嘟
嘻……
做著這樣小小的幻想。

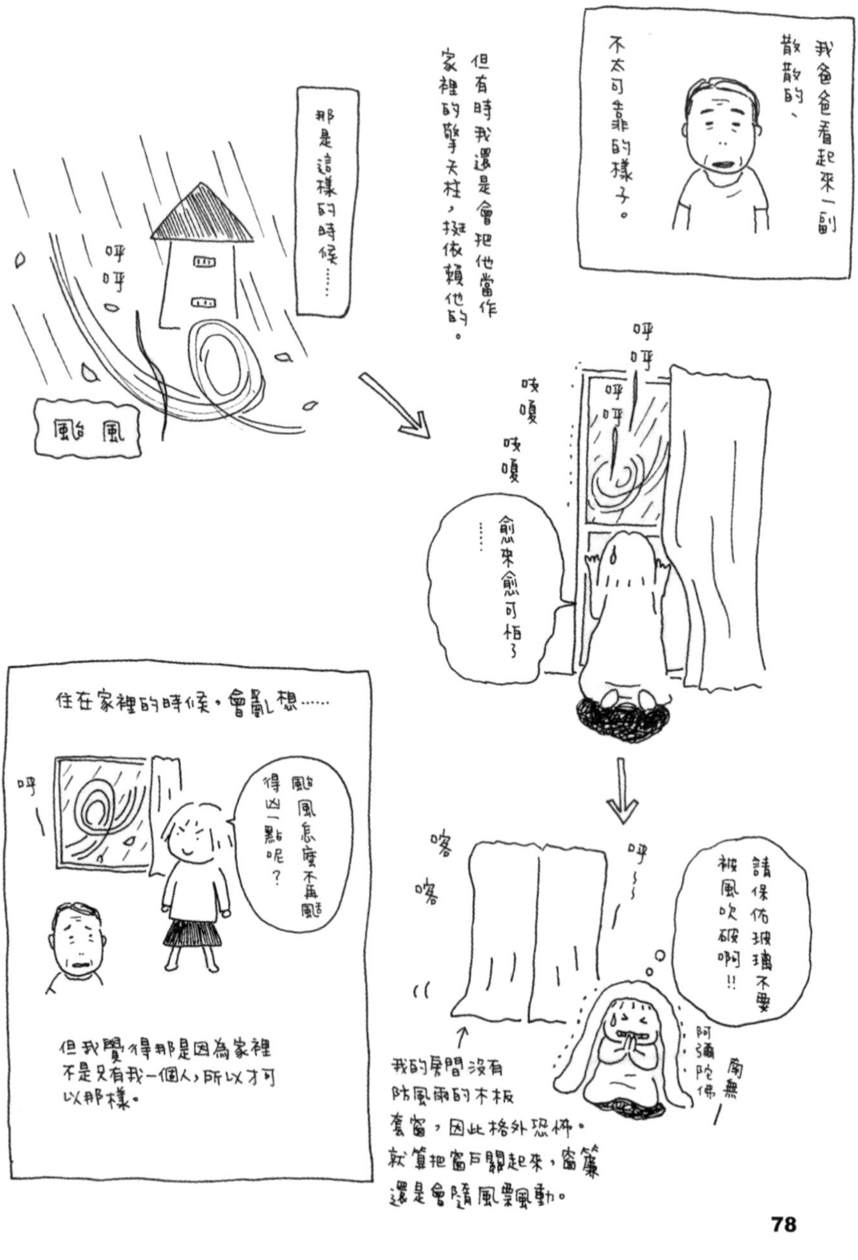

我爸爸看起來一副散散的、
不太可靠的樣子。
但有時我還是會把他當作
家裡的擎天柱，挺依賴他的。
那是這樣的時候……
呼呼
颱風
呼呼
吱嘎
吱嘎
呼呼
……愈來愈可怕了
喀喀
呼~~
請保佑玻璃不要被風吹破啊!!
南無阿彌陀佛
我的房間沒有防風雨的木板套窗，因此格外恐怖。就算把窗戶關起來，窗簾還是會隨風飄動。
住在家裡的時候，會亂想……
呼~
颱風怎麼不再颳得凶一點呢？
但我覺得那是因為家裡不是只有我一個人，所以才可以那樣。

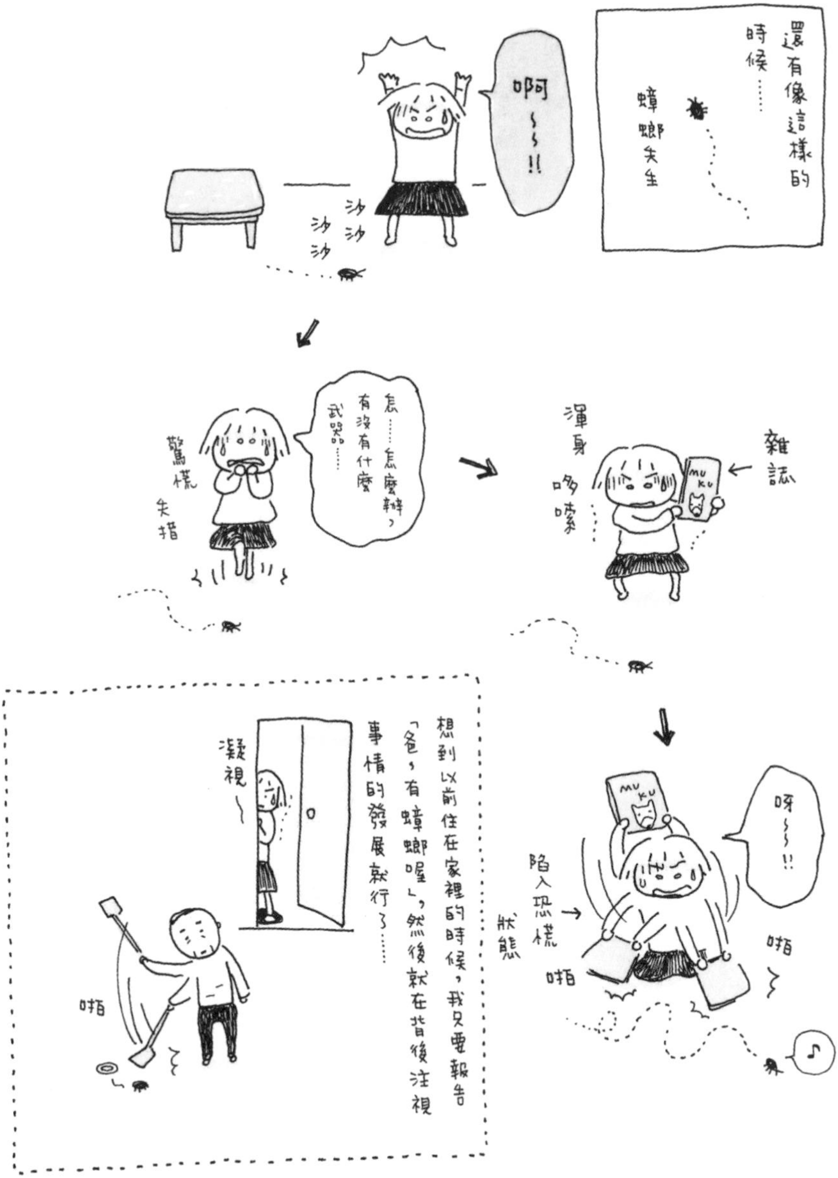

還有像這樣的時候……
蟑螂先生
啊~~!!
沙沙沙沙
驚慌失措
怎……怎麼辦，有沒有什麼武器……
渾身哆嗦
雜誌
MUKU
呀~~!!
陷入恐慌狀態
啪
啪
想到以前住在家裡的時候，我只要報告「爸，有蟑螂喔」，然後就在背後注視事情的發展就行了……
凝視~
啪

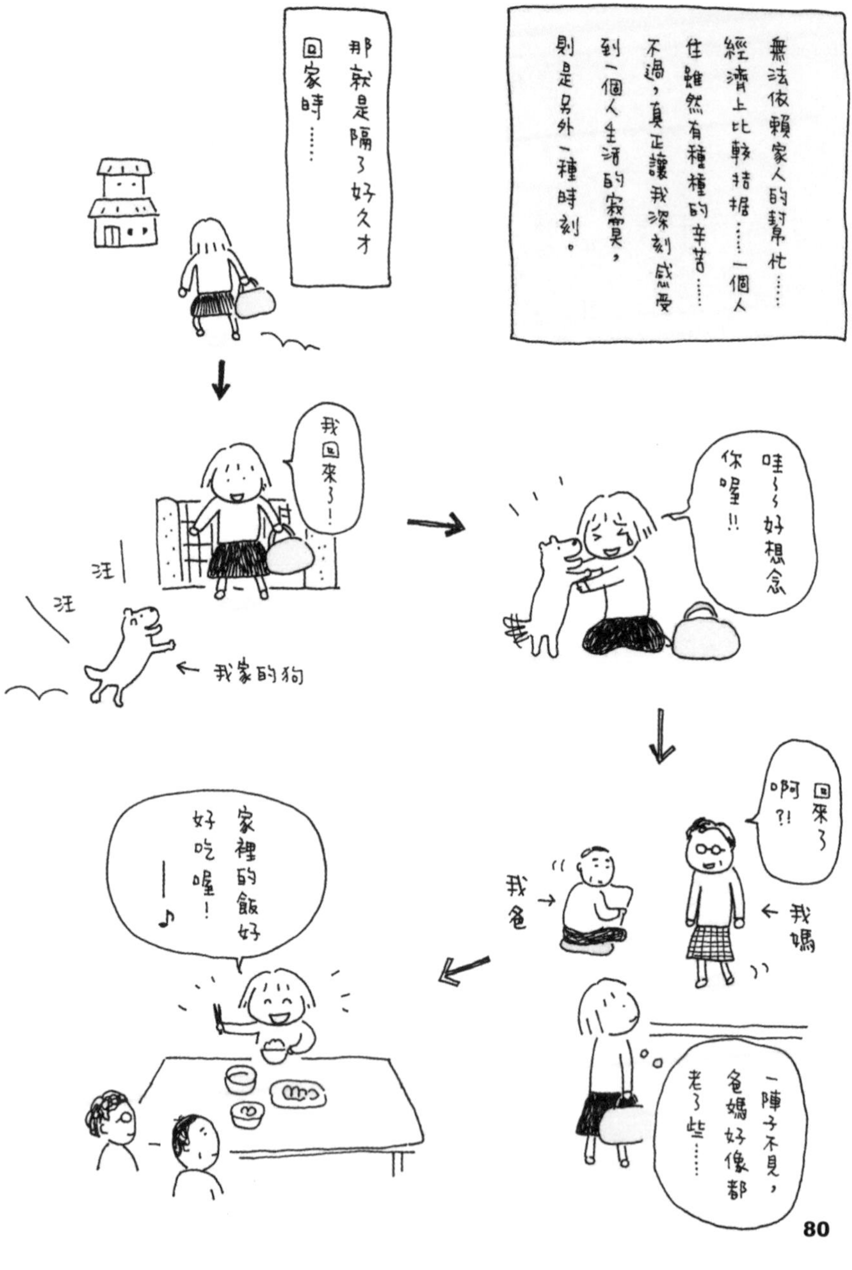
無法依賴家人的幫忙……經濟上比較拮据……一個人住雖然有種種的辛苦……不過，真正讓我深刻感受到一個人生活的寂寞，則是另外一種時刻。
那就是隔了好久才回家時……
我回來了！
汪
汪
我家的狗
哇～好想念你喔!!
回來了啊?!
我媽
我爸
一陣子不見，爸媽好像都老了些……
家裡的飯好好吃喔！—♪

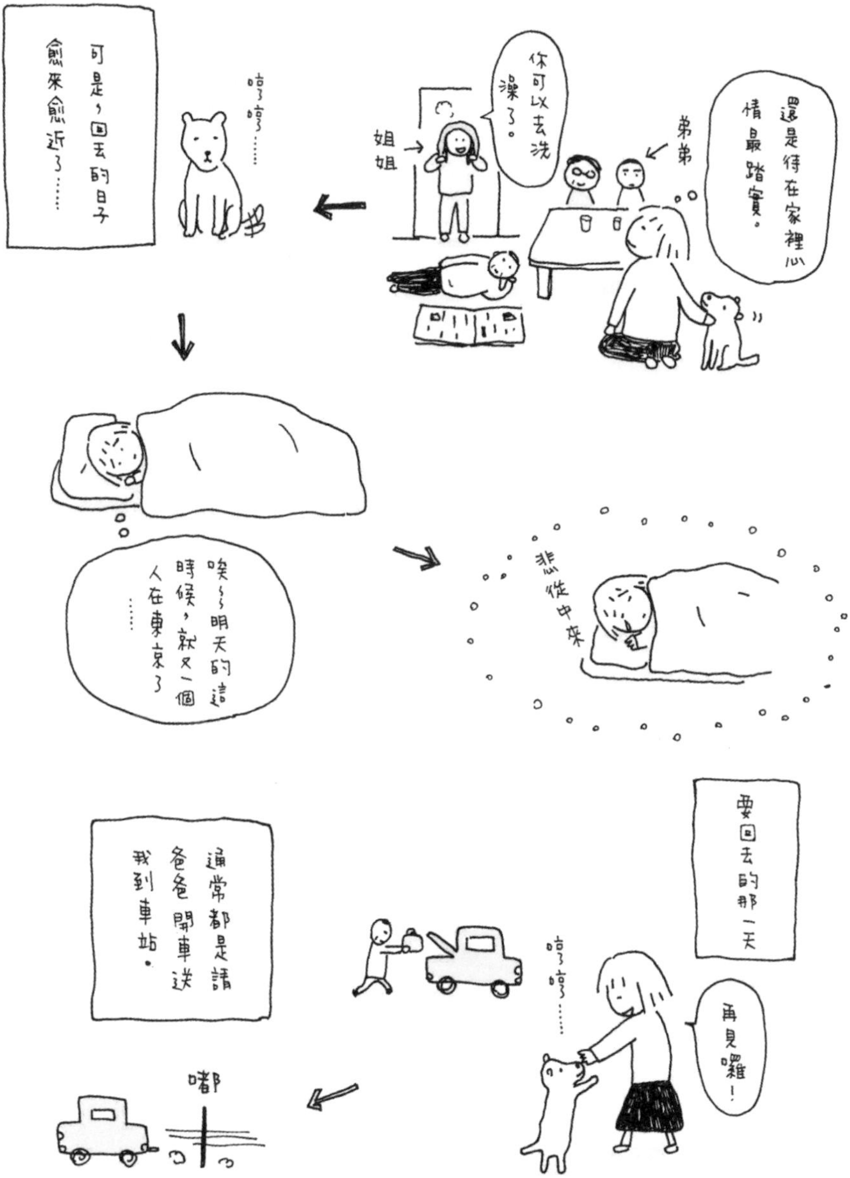
還是待在家裡心情最踏實。
弟弟
姐姐
你可以去洗澡了。
哼哼……
可是，回去的日子愈來愈近了……
唉～～明天的這時候，就又一個人在東京了……
悲從中來
要回去的那一天
哼哼……
再見囉！
通常都是請爸爸開車送我到車站。
嘟

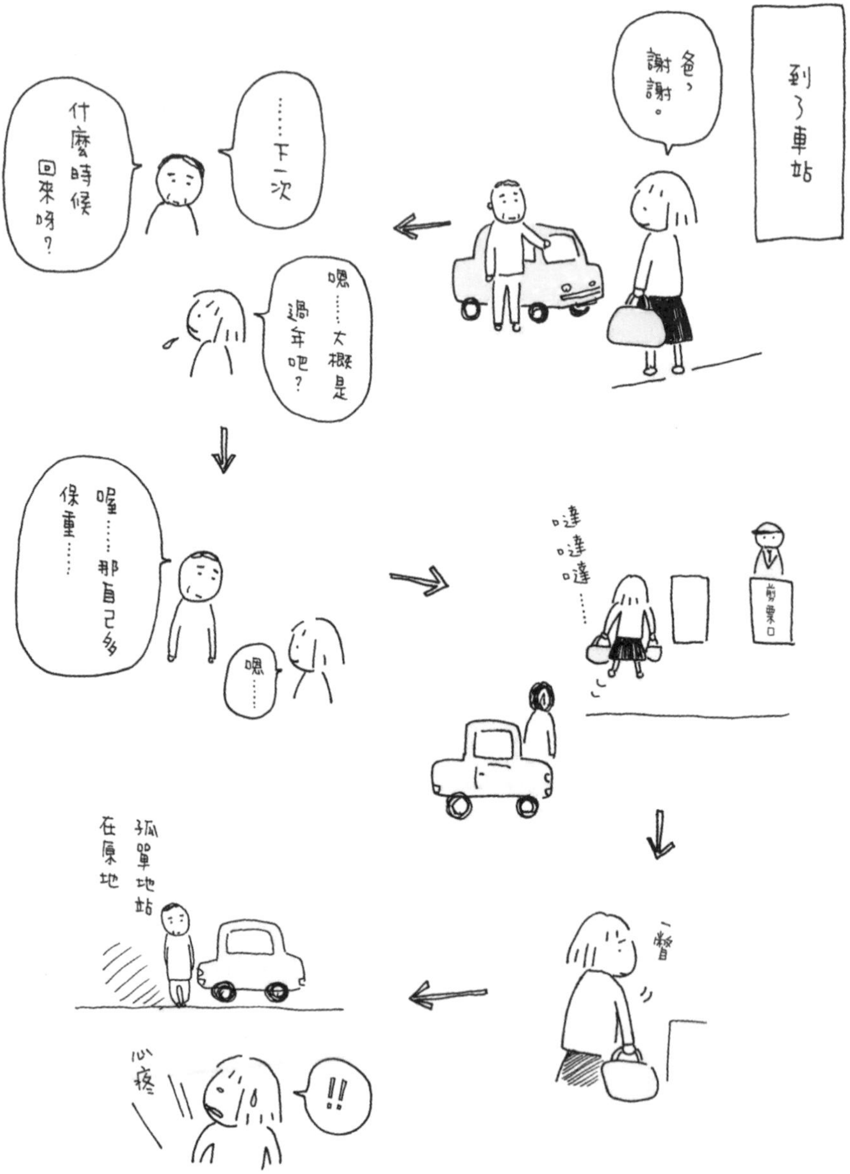
到了車站
爸，謝謝。
……下一次
什麼時候回來呀？
嗯……大概是過年吧？
喔……那自己多保重……
嗯……
噠噠噠……
剪票口
一瞥
孤單地站在原地
心疼
!!

不知為何每次一邊望著車窗外逐漸遠離的故鄉風景，就會不禁落淚。

我是不是很不孝呢……
咕咚
咯噹

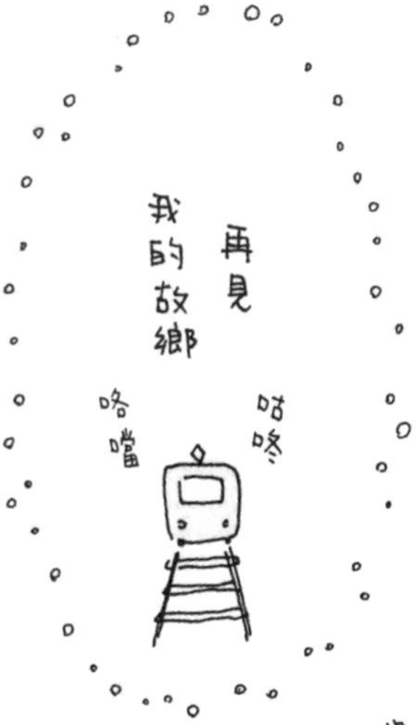
再見
我的故鄉
咕咚
咯噹

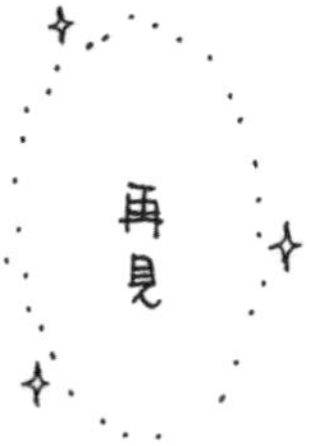
再見

悲從中來
畫著畫著不自覺就落淚了。

是的……對我而言，這一刻的心情，正是最深切感受到我是「一個人住」的時刻。

不管到了幾歲，還是不會習慣被父母送行的啊。

但也因此我現在才能比較體貼孝順父母。

以前會和父母吵架，現在則是處得很好。

父母似乎對我特別好。

我的老家在三重縣，其實就全國來看，
離東京並不是很遠。
還有很多人離家更遠，
更無法經常回去的呢！

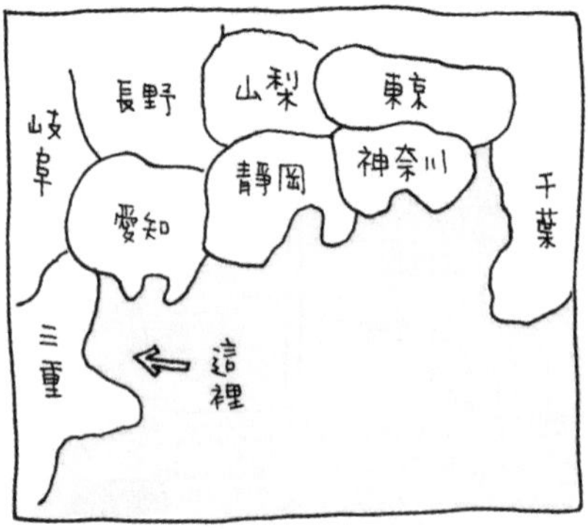
長野
山梨
東京
岐阜
靜岡
神奈川
千葉
愛知
三重
這裡

但畢竟路途還是有些遙遠，
所以我常想如果三重縣離東京
再近一點，該有多好。

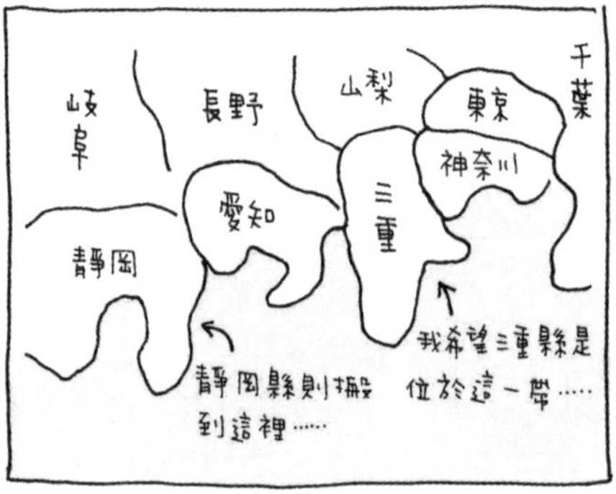
千葉
山梨
長野
岐阜
東京
神奈川
愛知
三重
靜岡
我希望三重縣是位於這一帶……
靜岡縣則搬到這裡……

不然就是早點發明出
「任意門」……

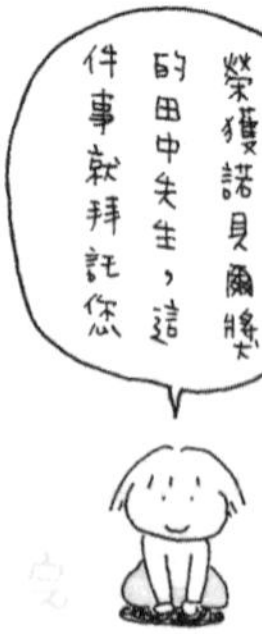
榮獲諾貝爾獎的田中先生，這件事就拜託您

# When a single girl eats alone at a Donburi-meshi-ya.

## hitoriigurashi-mo gonen-me

以前我很少一個人去蓋飯專門店。
原因是我一個女生不好意思進去。

一個人的時候，
大都是去速食店
或是外帶。

不過我最近終於敢一個人去蓋飯
專門店吃飯了。
開始的時候有點緊張，但習慣了
也就不以為意了。

好想馬上吃到……
咕嚕
熱騰騰的飯喔~~

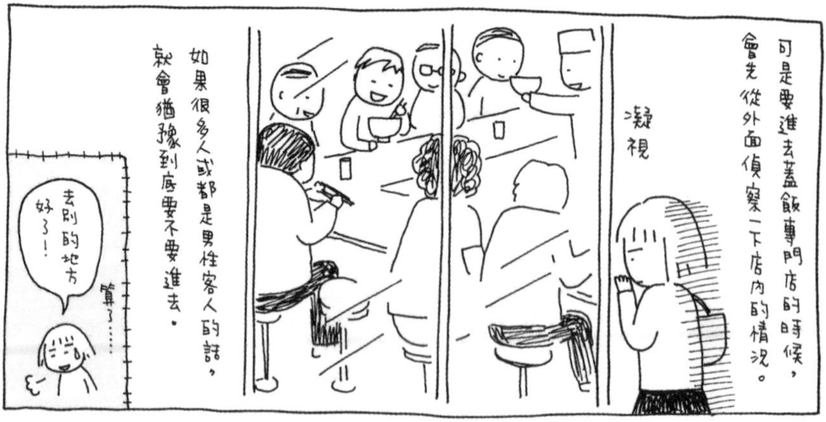
可是要進去蓋飯專門店的時候，
會先從外面偵察一下店內的情況。
凝視
如果很多人或都是男性客人的話，
就會猶豫到底要不要進去。
去別的地方好了！
算了……

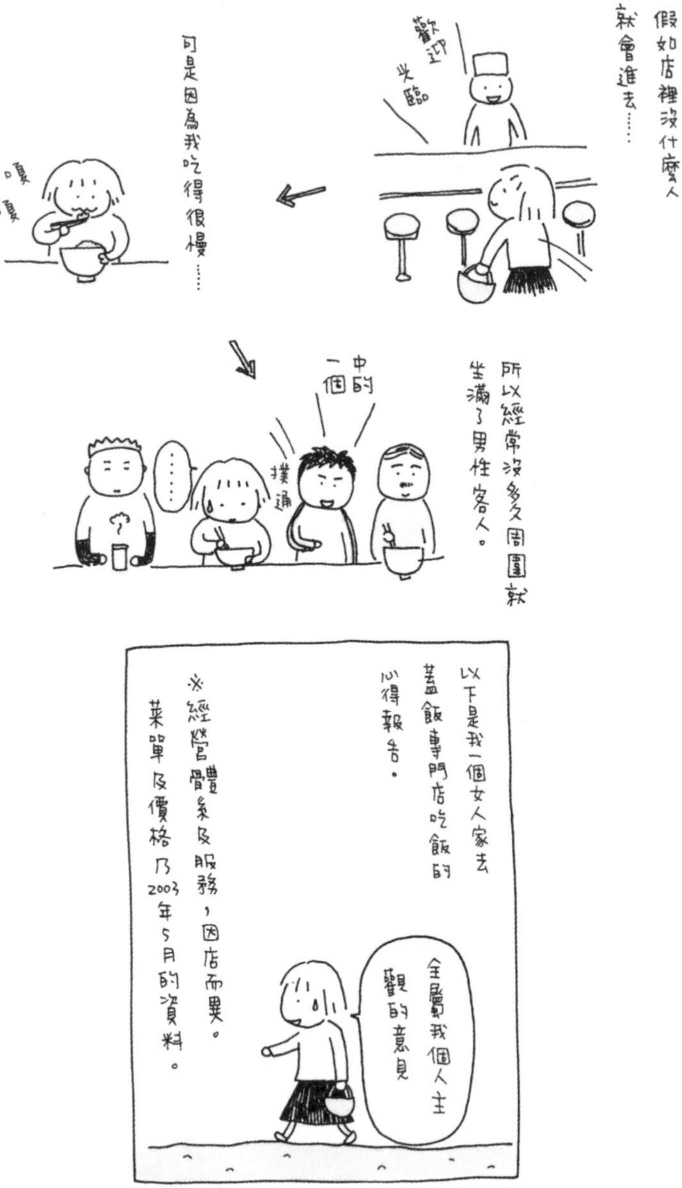

假如店裡沒什麼人
就會進去……
歡迎光臨
可是因為我吃得很慢……
嗄嗄
所以經常沒多久周圍就坐滿了男性客人。
中的一個
撲通
……
以下是我一個女人家去蓋飯專門店吃飯的心得報告。
全屬我個人主觀的意見
※經營體系及服務，因店而異。
菜單及價格乃2003年5月的資料。

吉野家
我的必點菜色
味噌湯 50圓
牛肉蓋飯(中) 280圓
半熟蛋 60圓
(含稅)
客人以上班族或學生等男性顧客居多，但偶爾也會有一兩對情侶夾雜其中，所以比較好意思進去。
裡面也有女生耶……
放心
在店裡會聽到很奇怪的點菜用語。
中的，汁多
特大，蔥多
放心
蔥放很多?!那……好吃嗎?!
如果只單點牛肉蓋飯的話，我會覺得味道很膩，因此總是另外再點味噌湯和蛋。
再放一大堆的糖醋紅薑。
拼命地
不過男生通常光點個牛肉蓋飯就狼吞虎嚥吃得唏哩呼嚕的，真是厲害。
狼吞虎嚥
吃大碗的，還不用加糖醋紅薑耶……
男生果然不一樣……

眼前的玻璃櫃裡擺著沙拉醬菜等，常忍不住想伸手去拿。
小菜請自取
沙拉 90圓
醬菜 90圓
想吃是想吃，但又得多花錢。
嚼嚼
嚼嚼
忍……
耐
牛肉蓋飯味美價廉，可惜味噌湯的味道不佳，偏偏我又很喜歡味噌湯，所以這就成了我扣分的重點
好像是那種速食味噌湯的味道
50圓的味噌湯就是這樣的品質嗎？
這裡付錢的方式是吃完後自己招呼店員過來收錢。
快步前行
先……先生，對……對不起。
店裡很忙的時候，經常很難被察覺。
如果站起來，
大概就會注意到我想離開了吧？
但也曾有過「一站起來，卻發現自己比坐著的時候還矮」之類的傷心往事。
咦?!
150 cm
反而目標更不明顯了！
因為椅子很高。

松屋
我的必點菜色
薑燒豬肉套餐
550圓(含稅)
薑燒豬肉
沙拉
白飯
味噌湯
店裡以年輕男性客人居多，所以比較不好意思進去。先從外頭瞧瞧，如果人少的話，就會進去。
歡迎光臨
嘩啦
這裡是餐券制，所以得先買餐券。
按這個
這家店不知為何經常是先上沙拉和味噌湯。
請慢用
咚
先上沙拉和湯……
又不是西餐的套餐……
更奇怪的是，連點咖哩飯都會附味噌湯。
噫？
但是也有很多人不喝
大概還是不對味吧？
而且這味噌湯也不太好喝
垂頭喪氣
不過沙拉裡的蔬菜很多我倒是很滿意。

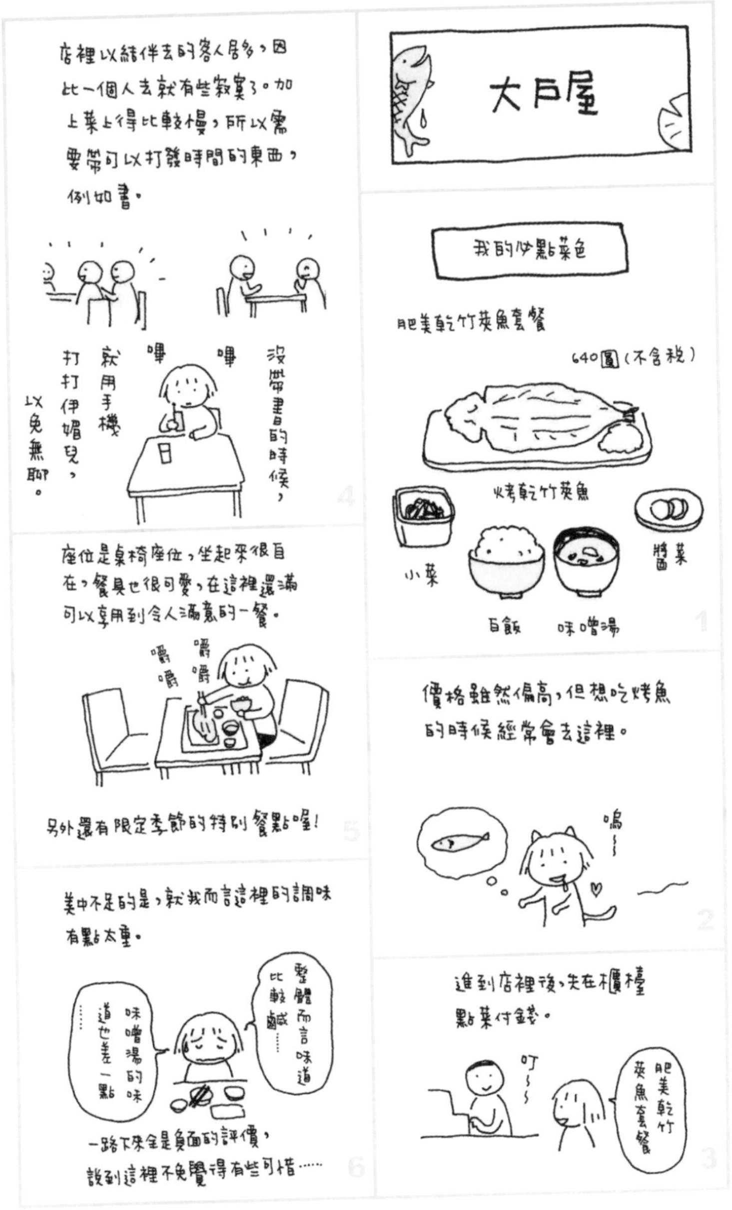
大戶屋
我的必點菜色
肥美乾竹莢魚套餐
640圓(不含稅)
烤乾竹莢魚
小菜
白飯
味噌湯
醬菜
價格雖然偏高，但想吃烤魚的時候經常會去這裡。
嗚~~
進到店裡後，先在櫃檯點菜付錢。
叮~~
肥美乾竹莢魚套餐
店裡以結伴去的客人居多，因此一個人去就有些寂寞了。加上菜上得比較慢，所以需要帶可以打發時間的東西，例如書。
嗶 嗶
沒帶書的時候，就用手機打打伊媚兒，以免無聊。
座位是桌椅座位，坐起來很自在，餐具也很可愛，在這裡還滿可以享用到令人滿意的一餐。
嚼嚼 嚼嚼
另外還有限定季節的特別餐點喔！
美中不足的是，就我而言這裡的調味有點太重。
整體而言味道比較鹹……
味噌湯的味道也差一點……
一路下來全是負面的評價，說到這裡不免覺得有些可惜……

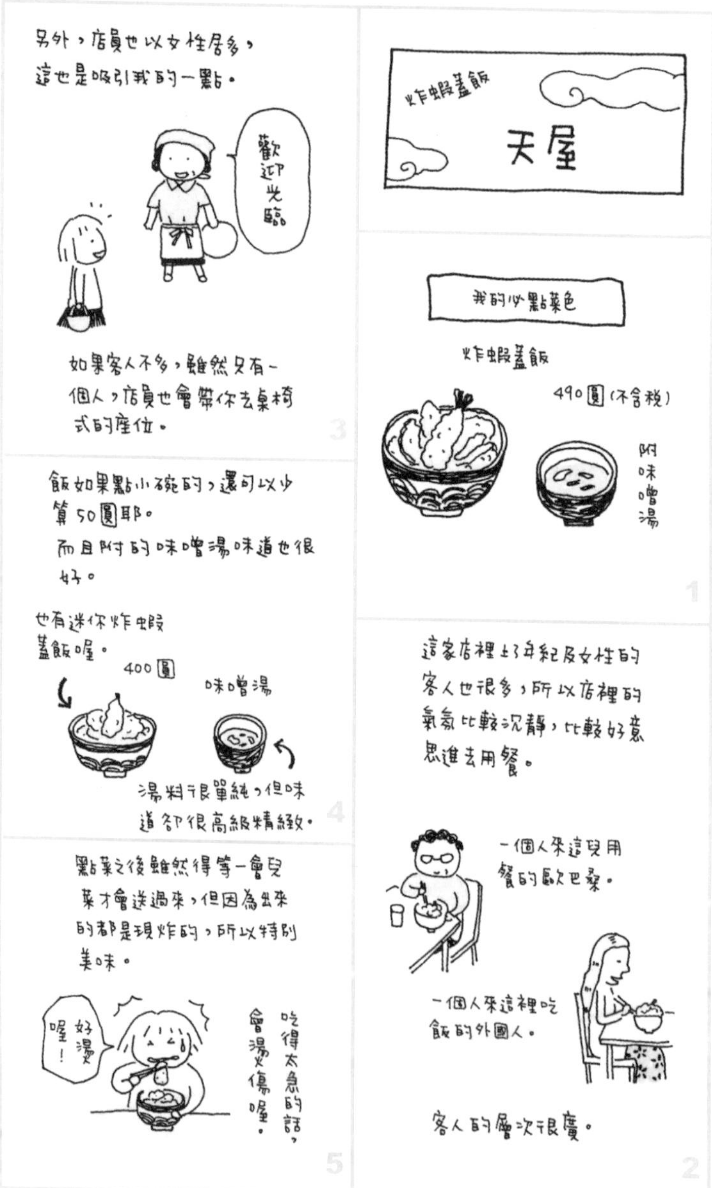
炸蝦蓋飯
天屋
我的必點菜色
炸蝦蓋飯
490圓(不含稅)
附味噌湯
這家店裡上了年紀及女性的客人也很多，所以店裡的氣氛比較沉靜，比較好意思進去用餐。
一個人來這兒用餐的歐巴桑。
一個人來這裡吃飯的外國人。
客人的層次很廣。
另外，店員也以女性居多，這也是吸引我的一點。
歡迎光臨
如果客人不多，雖然只有一個人，店員也會帶你去桌椅式的座位。
飯如果點小碗的，還可以少算50圓耶。
而且附的味噌湯味道也很好。
也有迷你炸蝦蓋飯喔。
400圓
味噌湯
湯料很單純，但味道卻很高級精緻。
點菜之後雖然得等一會兒菜才會送過來，但因為出來的都是現炸的，所以特別美味。
好燙喔！
吃得太急的話，會燙傷喔。

這裡有酒類飲料，而且天婦羅也可以單點，所以當想要小酌一下時，或許這裡也是個不錯的選擇。
生啤酒 350圓
天婦羅 50圓起
涼拌豆腐 90圓
也可以來個午餐加啤酒喔
6
有隨季節更換的餐點，茶也準備有熱的和冰的兩種，這也是一大特色。
春季炸蝦蓋飯690圓
春季高麗菜醬菜60圓
茶
我建議飯中喝冰的，飯後喝熱的比較好喔。
7
教人擔心的是熱量的問題。因為是油炸類的東西，所以常吃的話很容易發胖……
突出來
……
8
不過，對我而言，這家店我可以很輕鬆的踏進去，而且東西也很好吃，是我印象頗佳的店。
付帳的方式是回去的時候再付錢，價目一清二楚。
總共是514圓。
叮
標示的價格並不含稅，是美中不足的一點
有時也會放著一些油炸麵衣碎屑給客人隨意帶走喔！
應該拿!!
9

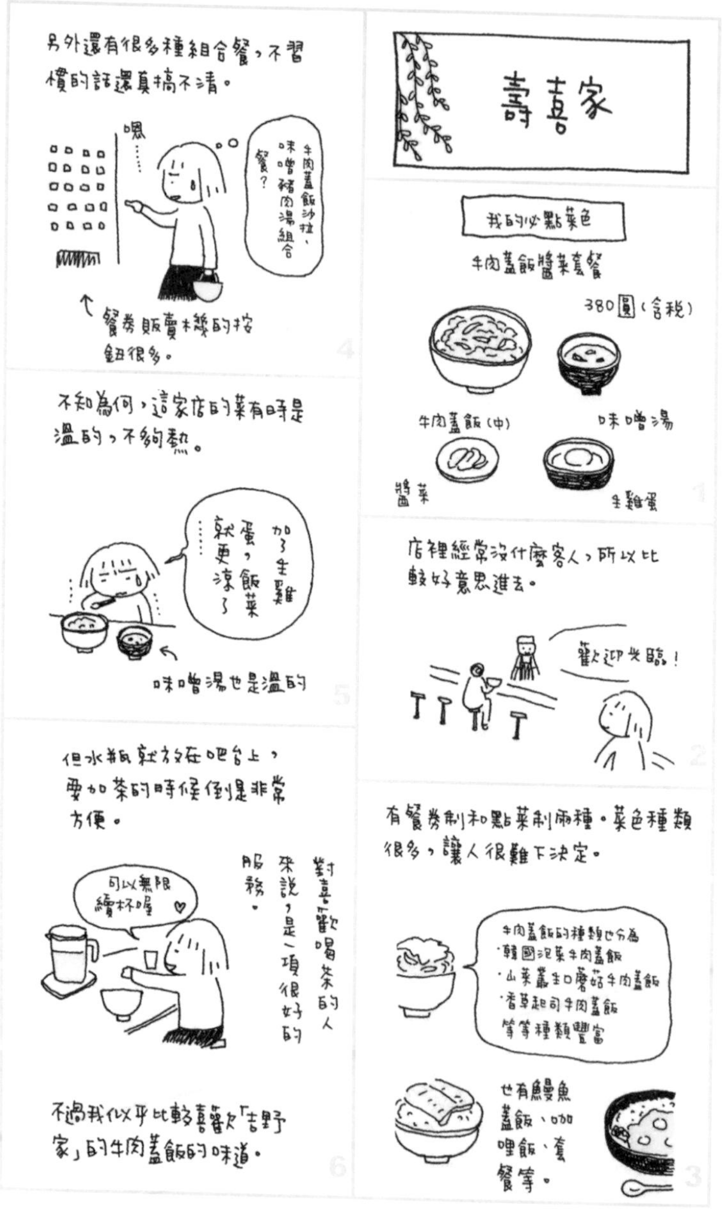
壽喜家
我的必點菜色
牛肉蓋飯醬菜套餐
380圓（含稅）
牛肉蓋飯（中）
味噌湯
醬菜
生雞蛋
店裡經常沒什麼客人，所以比較好意思進去。
歡迎光臨！
有餐券制和點菜制兩種。菜色種類很多，讓人很難下決定。
牛肉蓋飯的種類也分為
·韓國泡菜牛肉蓋飯
·山葵蔥和蘑菇牛肉蓋飯
·香草起司牛肉蓋飯
等等種類豐富
也有鰻魚蓋飯、咖哩飯、套餐等。
另外還有很多種組合餐，不習慣的話還真搞不清。
嗯……
牛肉蓋飯沙拉、味噌豬肉湯組合餐？
餐券販賣機的按鈕很多。
不知為何，這家店的菜有時是溫的，不夠熱。
加了生雞蛋，飯菜就更涼了……
味噌湯也是溫的
但水瓶就放在吧台上，要加茶的時候倒是非常方便。
可以無限續杯喔♥
對喜歡喝茶的人來說，是一項很好的服務。
不過我似乎比較喜歡「吉野家」的牛肉蓋飯的味道。
DONBURI*DONBURI*DONBURI*DONBURI*

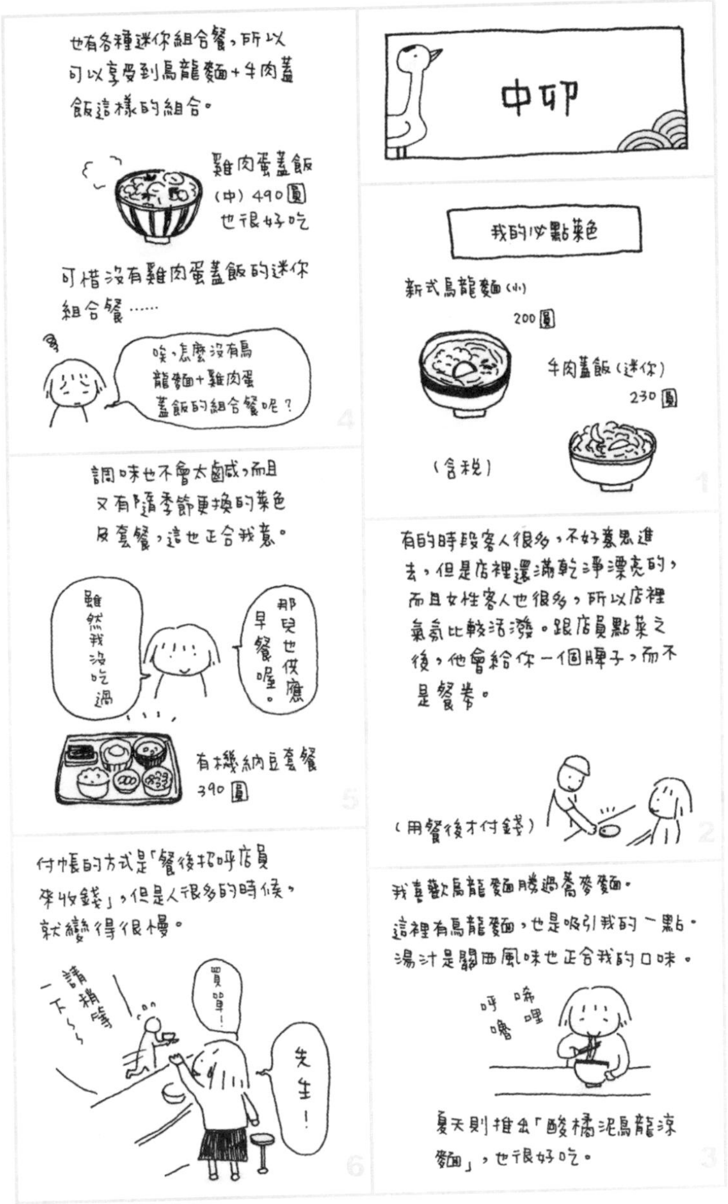
中卯
我的必點菜色
新式烏龍麵(小)
200圓
牛肉蓋飯(迷你)
230圓
(含稅)
有的時段客人很多，不好意思進去，但是店裡還滿乾淨漂亮的，而且女性客人也很多，所以店裡氣氛比較活潑。跟店員點菜之後，他會給你一個牌子，而不是餐券。
(用餐後才付錢)
我喜歡烏龍麵勝過蕎麥麵。
這裡有烏龍麵，也是吸引我的一點。
湯汁是關西風味也正合我的口味。
唏哩
呼嚕
夏天則推出「酸橘泥烏龍涼麵」，也很好吃。
也有各種迷你組合餐，所以可以享受到烏龍麵+牛肉蓋飯這樣的組合。
雞肉蛋蓋飯(中)490圓也很好吃
可惜沒有雞肉蛋蓋飯的迷你組合餐……
唉，怎麼沒有烏龍麵+雞肉蛋蓋飯的組合餐呢？
調味也不會太鹹，而且又有隨季節更換的菜色及套餐，這也正合我意。
雖然我沒吃過
那兒也供應早餐喔。
有機納豆套餐
390圓
付帳的方式是「餐後招呼店員來收錢」，但是人很多的時候，就變得很慢。
請稍等一下～～
買單！
先生！

去過很多家店後的感想是，年輕男性客人較多的店，還是比較不好意思進去。

感覺很像黑道的客人
像是打工族的年輕人
像是大學生的一夥兒客人

有時也會覺得別人看我的眼光似乎是在說：

「一個女人家怎麼也到這種地方來？」

同樣是男性客人，如果年齡層比較高的話，就會覺得比較自在，比較好意思進去。

像是跑外務空檔休息的上班族
大口大口地吃
大口大口地吃
好像就住在附近的歐吉桑

此外，吧台座位的椅子大都比較高，所以穿迷你裙時就很不方便。

由於男性客人很多，所以最好不要穿太暴露的衣服。

我的膽子很小，所以付帳時也不太好意思這樣招呼店員，因此我比較喜歡設有收銀台或是採預購餐券方式的店，這樣我比較輕鬆自在。

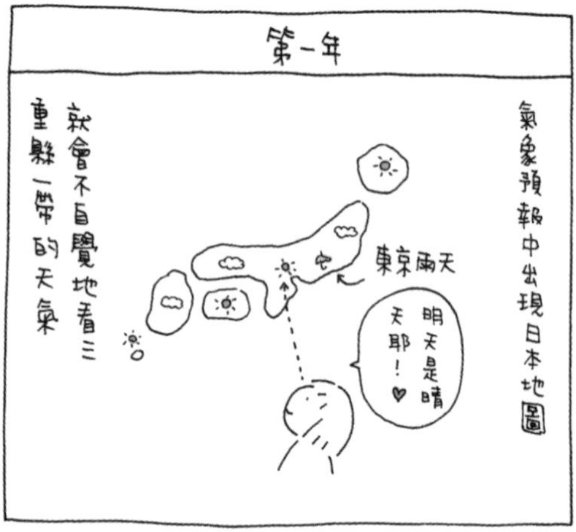
第一年
氣象預報中出現日本地圖
東京雨天
明天是晴天耶！♥
就會不自覺地看三重縣一帶的天氣

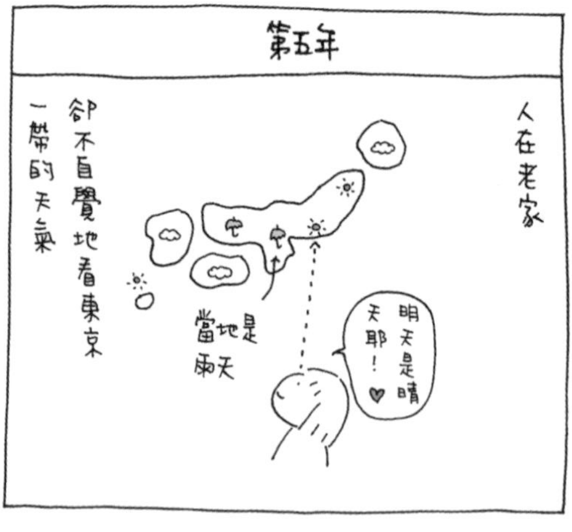
第五年
人在老家
明天是晴天耶！♥
當地是雨天
卻不自覺地看東京一帶的天氣

# How to live through, when you've got a cold.

## hitoriguraashi-mo gonen-me

疾病
總是在某一天突然上身
哈啾
哎呀……該不會是感冒了吧……」
哧哧……
怎麼覺得好冷喔……
這種時候最好不要硬撐，早點回家早點睡覺。
趕緊睡覺吧！
才是上策
如果這樣第二天醒來病就好了，那就太美好了。
豁然痊癒
神清氣爽的早晨!!
可是，有時第二天病情反而更嚴重。
頭好痛……
量量看有沒有發燒……
我平常的體溫比較低，所以雖然只有一點發燒，也就堪稱事態嚴重了。
哎喲，37.2度!!
咳 咳……
突然就進入生病狀態

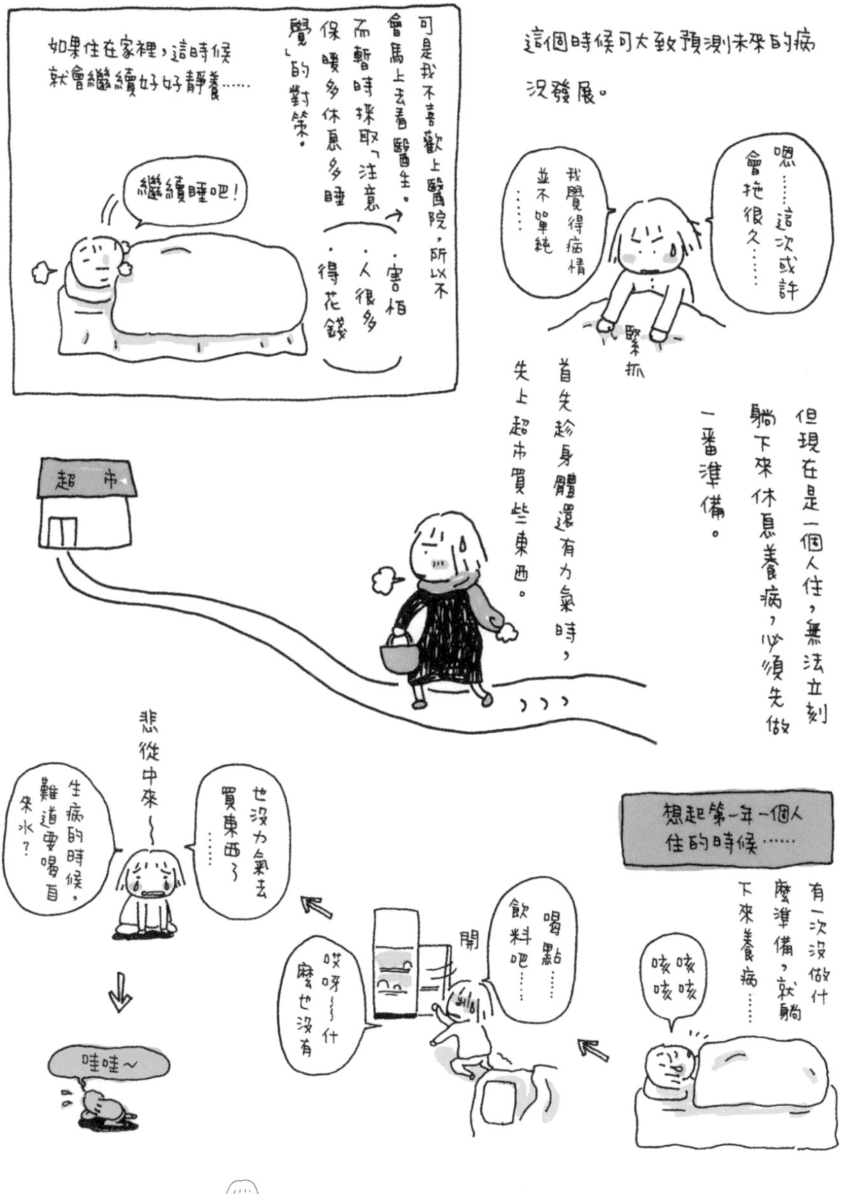
這個時候可大致預測未來的病況發展。
嗯……這次或許會拖很久……
我覺得病情並不單純……
緊抓
可是我不喜歡上醫院，所以不會馬上去看醫生。而暫時採取「注意保暖多休息多睡覺」的對策。
・害怕
・人很多
・得花錢
如果住在家裡，這時候就會繼續好好靜養……
繼續睡吧！
但現在是一個人住，無法立刻躺下來休息養病，必須先做一番準備。
首先趁身體還有力氣時，先上超市買些東西。
超市
想起第一年一個人住的時候……
有一次沒做什麼準備，就躺下來養病……
咳咳咳咳
開
喝點飲料吧……
哎呀~~什麼也沒有
也沒力氣去買東西~……
生病的時候，難道要喝自來水？
悲從中來~
哇哇~

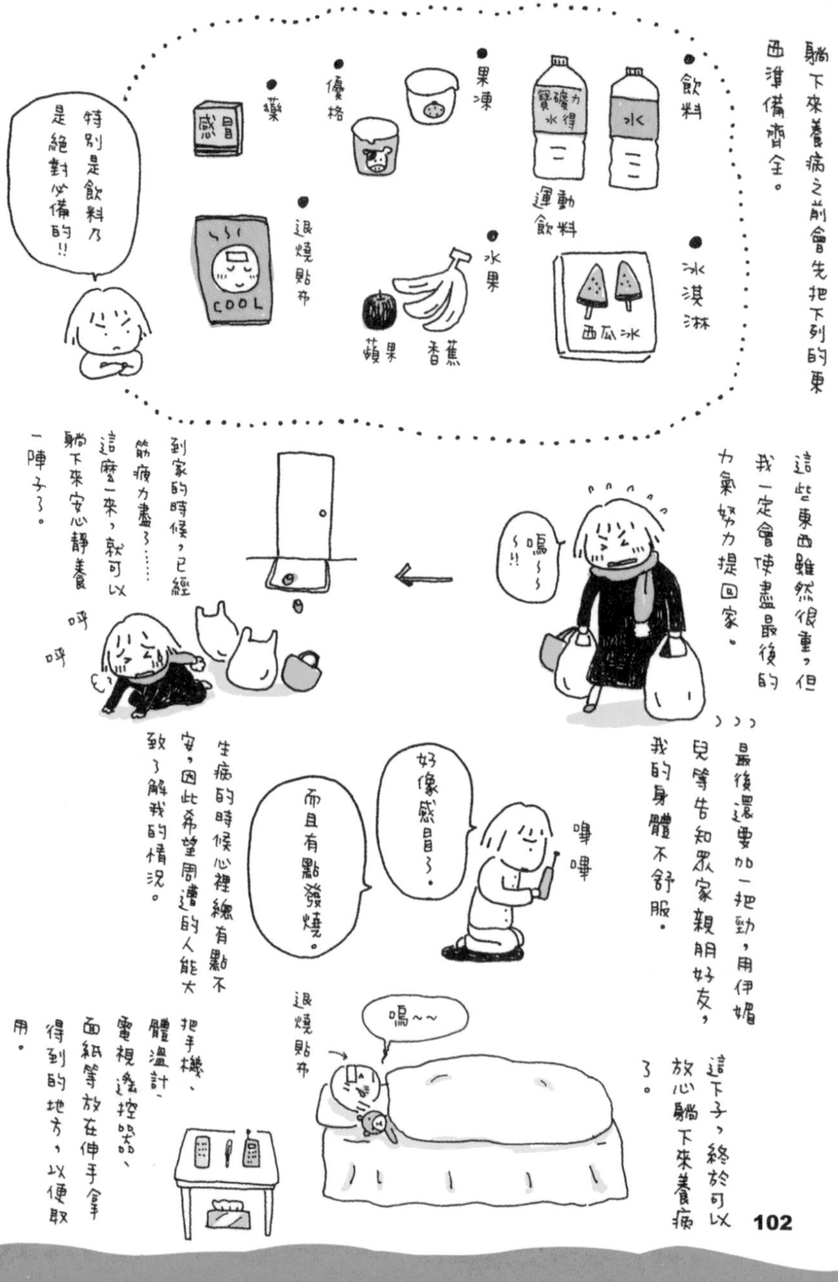

躺下來養病之前會先把下列的東西準備齊全。
飲料
寶礦力水得
水
運動飲料
果凍
優格
藥
感冒
冰淇淋
西瓜冰
水果
蘋果
香蕉
退燒貼布
COOL
特別是飲料乃是絕對必備的!!
這些東西雖然很重，但我一定會使盡最後的力氣努力提回家。
嗚~~!!
到家的時候，已經筋疲力盡了……這麼一來，就可以躺下來安心靜養一陣子了。
呼
呼
最後還要加一把勁，用伊媚兒等告知眾家親朋好友，我的身體不舒服。
嗶嗶
好像感冒了。
而且有點發燒。
生病的時候心裡總有點不安，因此希望周遭的人能大致了解我的情況。
這下子，終於可以放心躺下來養病了。
退燒貼布
嗚~~
把手機、體溫計、電視遙控器、面紙等放在伸手拿得到的地方，以便取用。

發燒的時候，會一直做一些很奇怪的夢。
哇
一睜眼
已經晚上了……得吃點東西才行……
搖晃
咳……
意識不清
自己替自己煮稀飯，感覺有點可憐。
……一點食慾也沒有～～

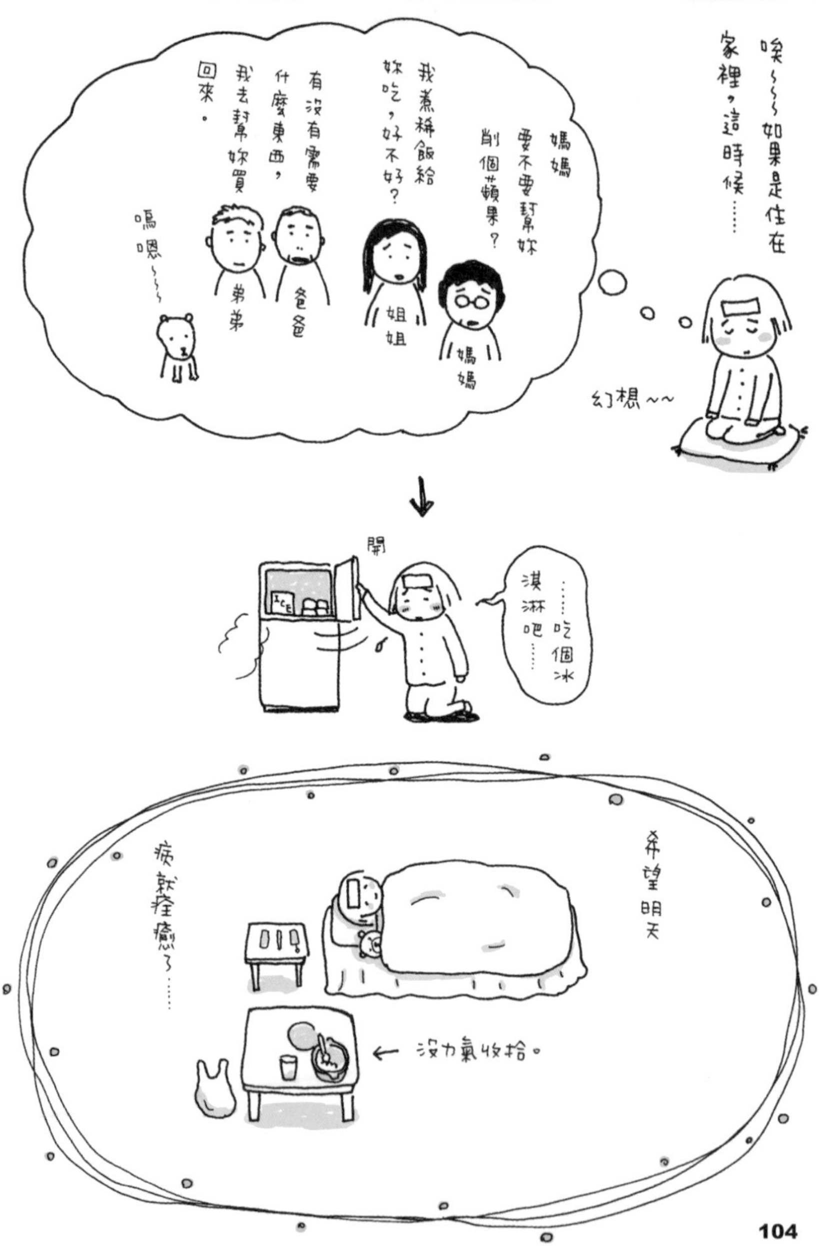
唉～～如果是住在家裡，這時候……
媽媽 要不要幫妳削個蘋果？
我煮稀飯給妳吃，好不好？
有沒有需要什麼東西，我去幫妳買回來。
嗚嗯～～～
媽媽
姐姐
爸爸
弟弟
幻想～～
開
……吃個冰淇淋吧……
希望明天病就痊癒了……
←沒力氣收拾。

但是我的希望落空了，第二天病情更加嚴重了——
咳咳
咳咳
如果發燒再高一點的話……
超過38度!!
震驚
去看醫生好了……
終於下定決心。
去一趟醫院也挺辛苦的。
頭髮亂七八糟
全身汗臭味
去醫院前，先沖個澡吧。
整理一下儀容……
換衣服……
笨手笨腳
保險證和掛號證……
哎呀～～沒錢了！還得去銀行領錢才行！
然後走路到醫院去……。
這也是挺辛苦的……。
醫院的風評好不好已經不重要了，離家最近的就行了。
咳咳
咳咳
搖晃
我常常擔心一個人住，如果真的病到走不動，那可怎麼辦呢？
是不是就叫救護車呢？

醫院裡總是有很多人在等著看病。
大約得等上30~40分鐘。

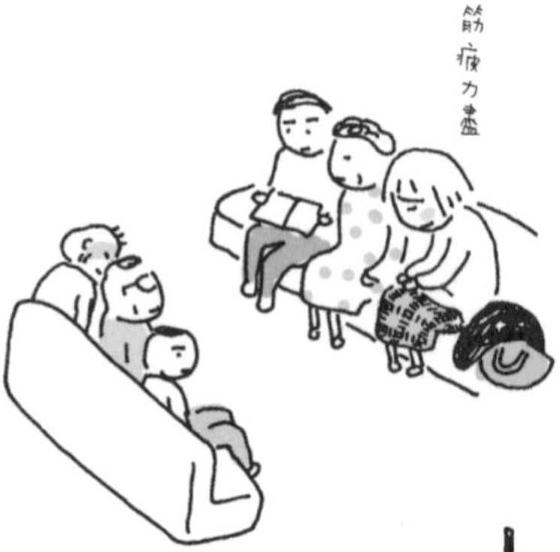
筋疲力盡

不過醫生看病卻看得很快。

啊~~
喉嚨腫起來了。

然後差不多這樣就結束了。

我開感冒藥給妳，妳先吃吃看。
轉身

然後還得拿處方箋去藥局拿藥。
藥局
晃晃
搖搖
拿了藥之後，
還要再加把勁去一下便利商店。
藥局
晃晃
搖搖
去便利商店買好以下的對抗疾病必需品。
油炸豆皮
烏龍麵
鍋燒烏龍麵
買那種直接可以放在火上煮的鋁箔容器包裝。
Yunker
口服液
生病的時候會買貴一點的。
橘子
裡面有很多橘子的果凍
沒食慾的時候就吃這個。
葡萄
柳橙
果汁
如果是那種附有吸管的包裝的話，躺著也可以喝。
便利商店
晃晃
搖搖
幾乎全靠自己的精神力量在支撐。

## 再度開始臥床養病

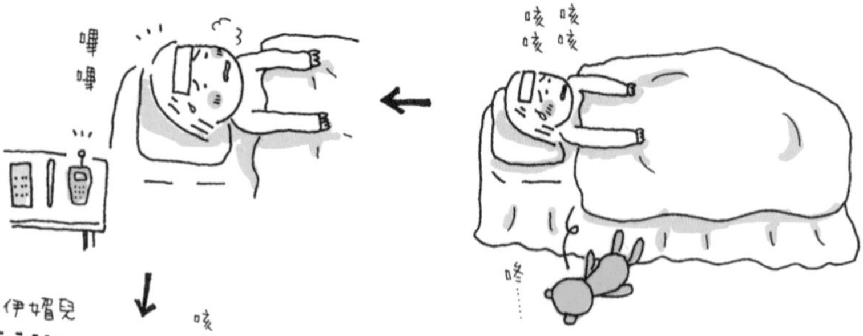

咳咳
咳咳
咚……
嗶嗶

朋友傳來的伊媚兒
身體還好嗎？如果很嚴重的話，我去照顧妳好了。
咳咳……


生病的時候，有的朋友會這麼跟我說。但如果把病傳染給人家，那也不好意思，而且特地請人家來照顧我，也覺得過意不去，所以也不好麻煩朋友過來。

回信
身體還好，吃過藥了，我躺著好好休息。

家裡這麼亂七八糟的，怎麼好意思請人家過來……
臉紅
水

（這2～3天生活秩序大亂）

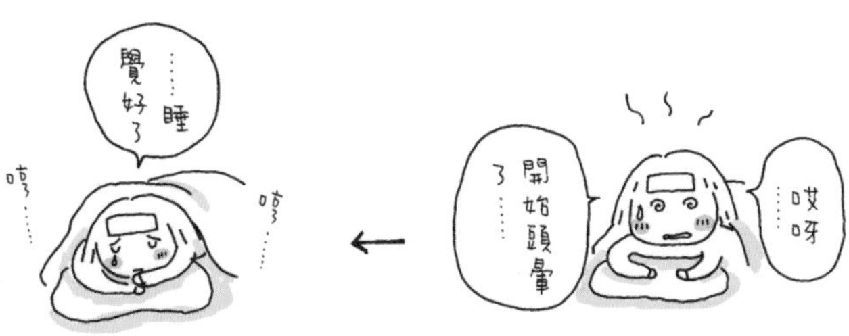
哎呀……
開始頭暈了……
……睡覺好了
咳……
咳……

生病的時候，特別覺得寂寞孤單。
很希望身邊有人陪伴。
頭好痛，喉嚨也好痛喔……
會胡思亂想，如果就這樣死掉了，那可怎麼辦……
咳咳 咳咳……
爸~~
媽~~
生病的時候，似乎特別容易感傷落淚。

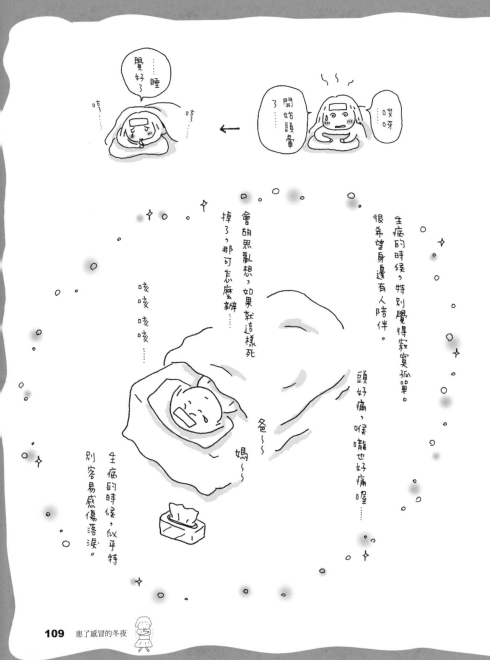

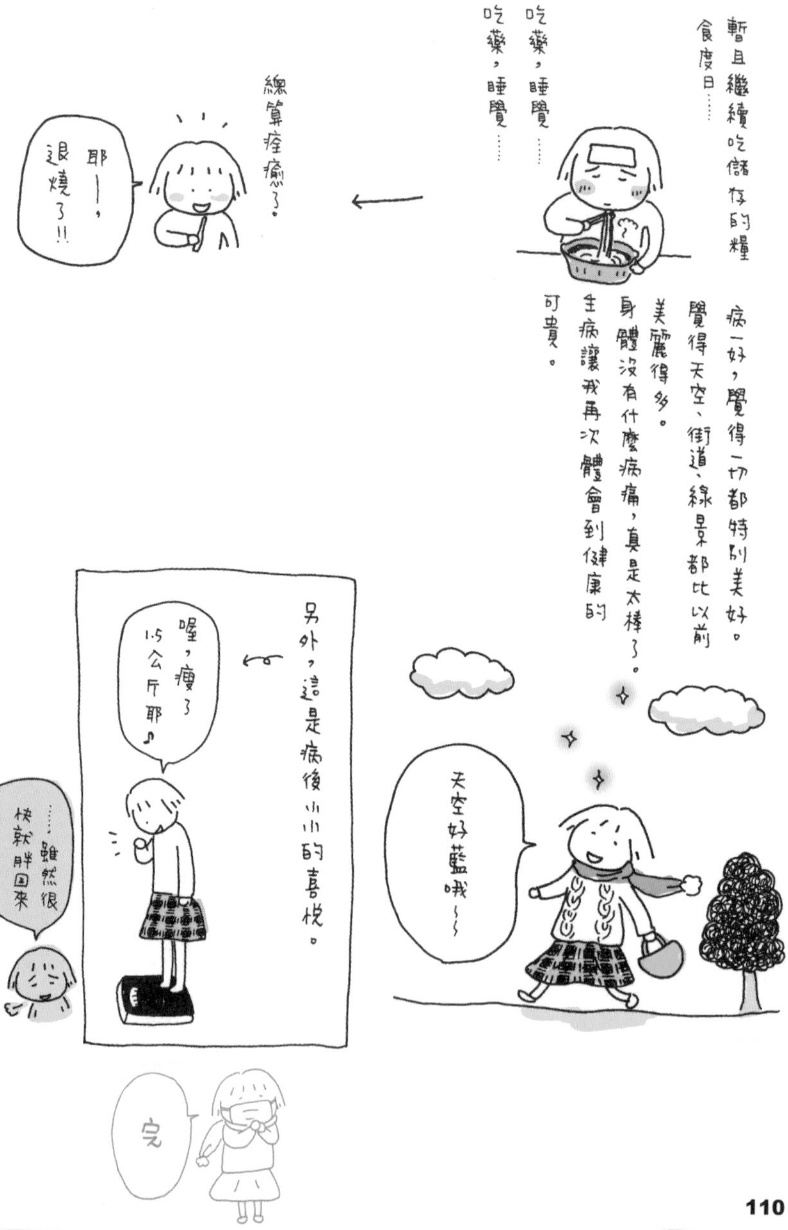

暫且繼續吃儲存的糧食度日……
吃藥，睡覺……
吃藥，睡覺……
總算痊癒了。
耶——，退燒了!!
病一好，覺得一切都特別美好。
覺得天空、街道、綠景都比以前美麗得多。
身體沒有什麼病痛，真是太棒了。
生病讓我再次體會到健康的可貴。
天空好藍哦~~
另外，這是病後小小的喜悅。
喔，瘦了1.5公斤耶♪
……雖然很快就胖回來了……。
完

# Treasure and pleasure box, whenever back from home.

## hitoriigurashi-mo gonen-me

有的人跟我一樣是一個人住外面的朋友，經常會收到家裡寄來的各種救援物資，教我好羨慕。
這是家裡昨天寄來的
喔~~
真好~~
塞得滿滿的
伊予柑
可是，1kg的砂糖啦，一整個南瓜啦，怎麼吃得完呢？
唉
砂糖 1kg
伊予柑
說的也是……
家裡寄過來的東西未必全都是自己想要的
老家是務農的人則會收到家裡生產的農產品。
米
老家的雞生的蛋
咯~~
有的人會收到家裡用冷藏郵包寄來的媽媽親手做的菜……
甘露煮香魚
滷昆布
煮鹿尾菜
我家雖非務農，但因為有農家子弟的朋友，所以我經常也跟著分享。
家裡寄來了很多西瓜，一個給你。
哇~~!!
我覺得農家真是太棒了。

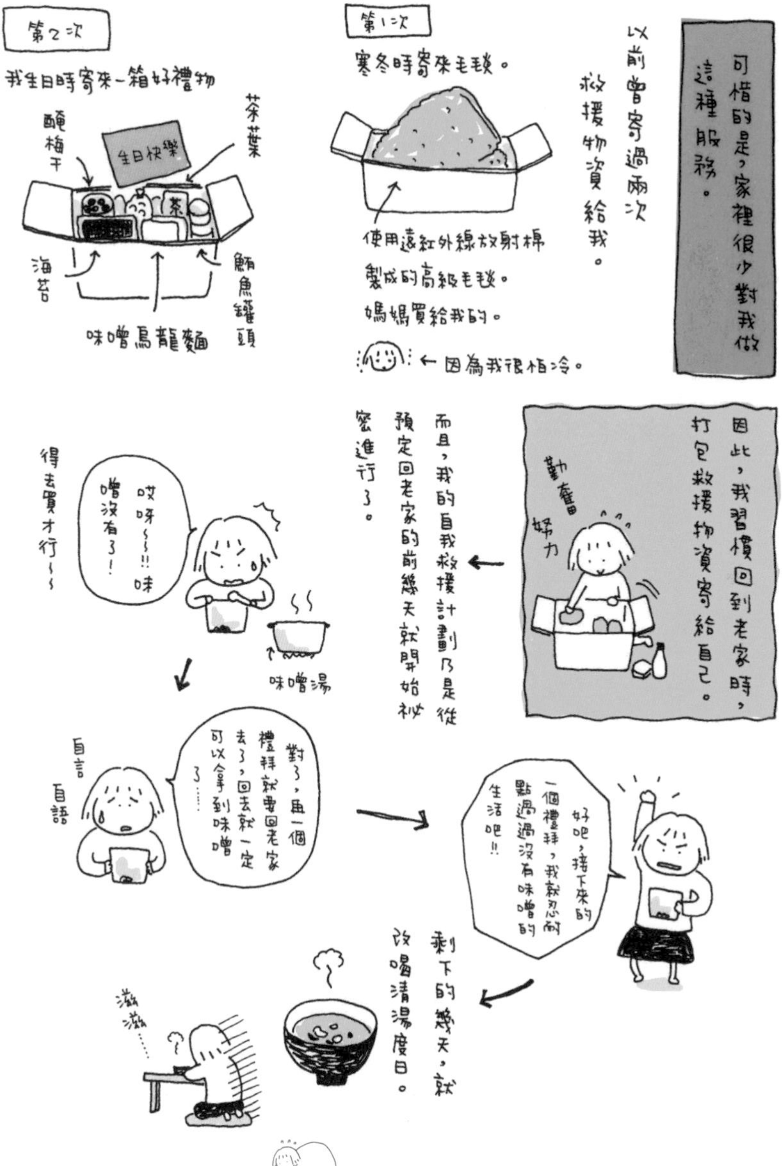

可惜的是，家裡很少對我做這種服務。
以前曾寄過兩次救援物資給我。
第1次
寒冬時寄來毛毯。
使用遠紅外線放射棉製成的高級毛毯。媽媽買給我的。
←因為我很怕冷。
第2次
我生日時寄來一箱好禮物
茶葉
生日快樂
醃梅干
茶
海苔
鮪魚罐頭
味噌烏龍麵
因此，我習慣回到老家時，打包救援物資寄給自己。
勤奮
努力
而且，我的自我救援計劃乃是從預定回老家的前幾天就開始祕密進行了。
哎呀~~!! 味噌沒有了！
得去買才行~~
味噌湯
對了，再一個禮拜就要回老家去了，回去就一定可以拿到味噌了……
自言自語
好吧，接下來的一個禮拜，我就忍耐點過過沒有味噌的生活吧!!
剩下的幾天，就改喝清湯度日。
滋滋……

其他還有……
青天霹靂
已經沒有茶葉了~~
哎呀，牙膏擠不出來了!!
紅茶~~
……可是再忍耐幾天好了。
擠~~
加油~~
擠擠
努力熬過去吧~~
還有三天
並且在腦子裡也悄悄列出了「需求物資」清單。
想要的東西
·味噌
·茶葉
·牙膏
·柴魚花
·醃梅干
呵呵……
而且五臟廟裡也偷偷地進行準備。
嗯~~，這個壽司看起來好好吃喔~~
嚥口水……
可是回去家裡，就一定會吃到壽司了……
……
好，今天就忍耐一下吧!!回老家之前絕對不吃壽司!!
碰

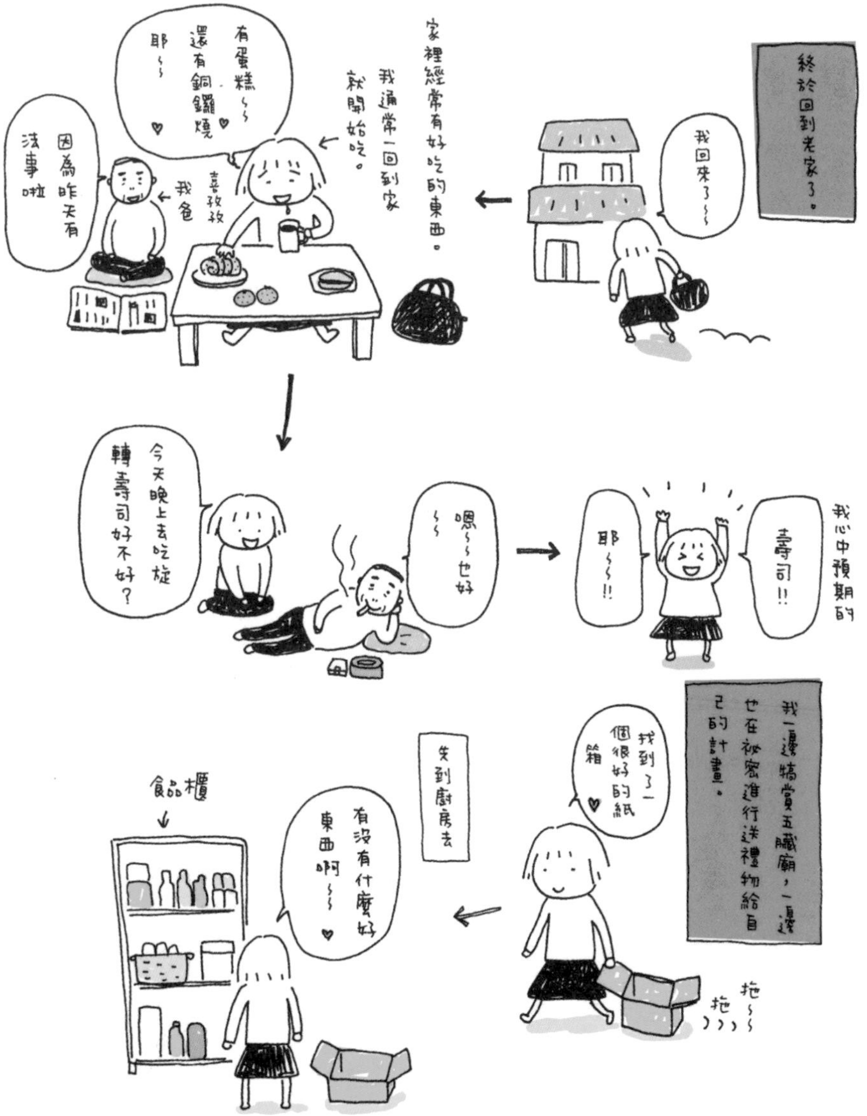
終於回到老家了。
我回來了～～
家裡經常有好吃的東西。
我通常一回到家就開始吃。
有蛋糕～～還有銅鑼燒♥耶～～♥
喜孜孜
我爸
因為昨天有法事啦
今天晚上去吃旋轉壽司好不好?
嗯～～也好～～
我心中預期的
壽司!!
耶～～!!
我一邊犒賞五臟廟，一邊也在祕密進行送禮物給自己的計畫。
找到了一個很好的紙箱♥
拖～～
拖
先到廚房去
食品櫃
有沒有什麼好東西啊～～♥

有儲購的味噌耶，拿一盒好了。
沙拉醬也給我吧~~
味噌
味噌
味噌
丟
丟
水槽上方的儲物櫃
有好多保鮮膜耶~~拿一個好了。
柴魚花大概是婚禮的贈品吧？分我一半吧。
柴魚
柴魚花
丟
丟
保鮮膜
接下來到盥洗間
牙膏和牙刷也可以拿吧？
香皂也一起接收好了。
丟
丟
丟
牙膏

還有到超市買東西時……
大都是跟爸爸一起去
發呆~
東張西望
咯登咯登
茶葉也請爸爸一起出錢好了~~
丟丟
巧妙地連自己的份兒也一起買……
什麼~~? 一樣的茶葉買兩罐
啊?
凝視
被發現了
嘟……
嗯……嗯……一罐是家裡的……一罐是我自己的……
喔~~
呼~
咯登咯登
如此孜孜不倦地努力。
茶葉
牙膏
保鮮膜
味噌
沙拉醬
橘子
禮品箱的內容也愈來愈充實了。

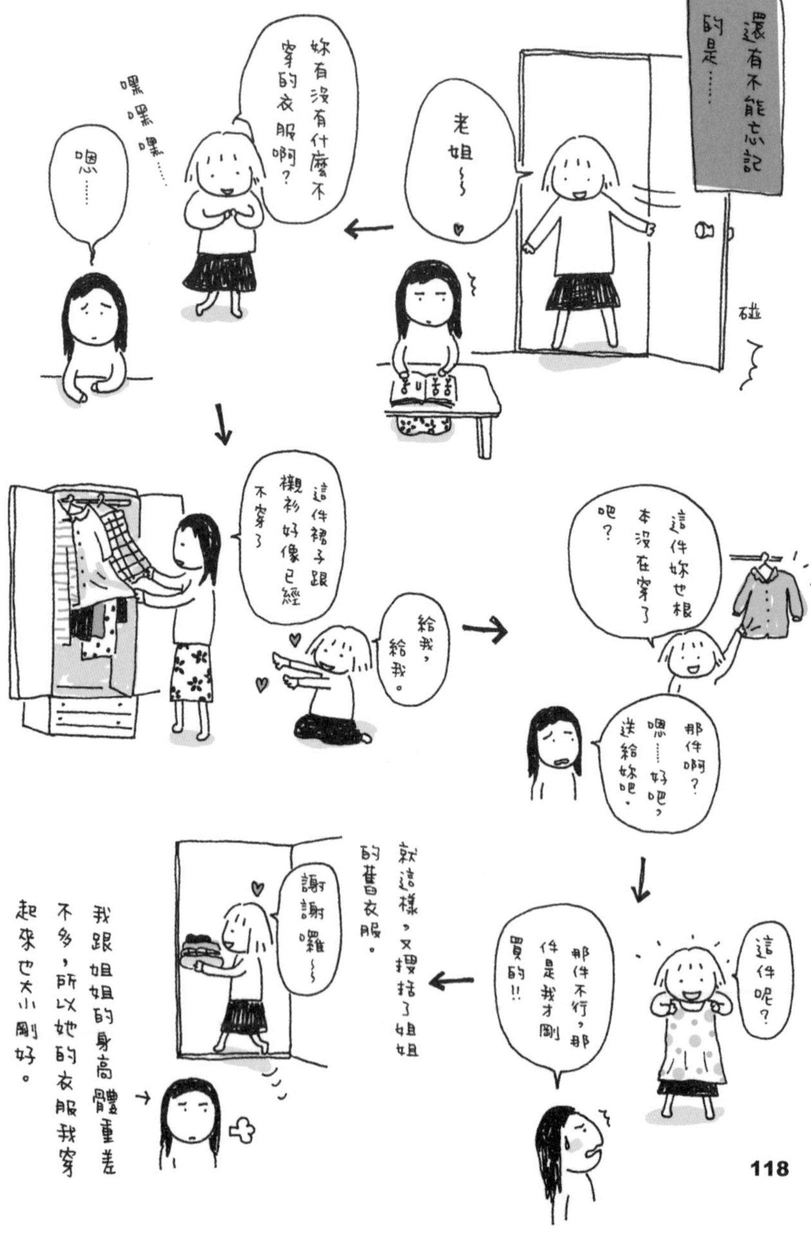
還有不能忘記的是……
老姐~~♥
碰
妳有沒有什麼不穿的衣服啊？
嘿嘿嘿……
嗯……
這件裙子跟襯衫好像已經不穿了
給我，給我。
這件妳也根本沒在穿了吧？
那件啊？嗯……好吧，送給妳吧。
這件呢？
那件不行，那件是我才剛買的!!
就這樣，又搜括了姐姐的舊衣服。
謝謝囉~~
我跟姐姐的身高體重差不多，所以她的衣服我穿起來也大小剛好。

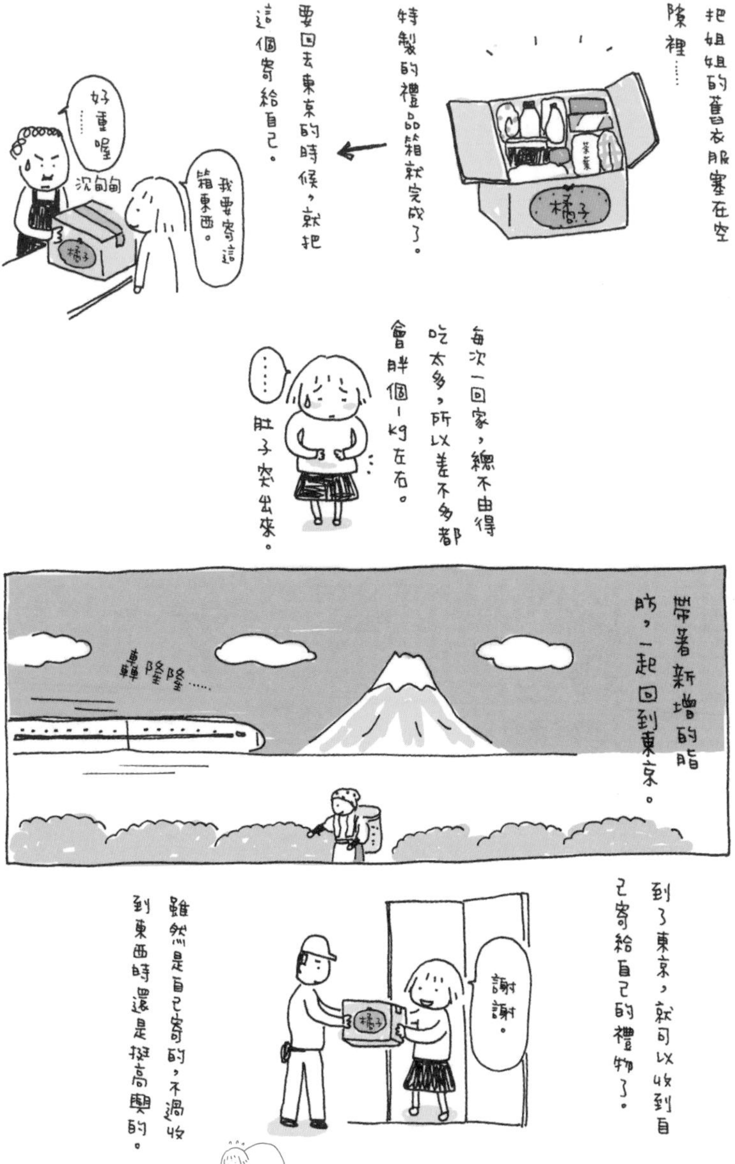
把姐姐的舊衣服塞在空隙裡……
茶葉
橘子
特製的禮品箱就完成了。
要回去東京的時候，就把這個寄給自己。
我要寄這箱東西。
好重喔……
沉甸甸
橘子
每次一回家，總不由得吃太多，所以差不多都會胖個1kg左右。
……
肚子突出來。
帶著新增的脂肪，一起回到東京。
轟隆隆……
到了東京，就可以收到自己寄給自己的禮物了。
謝謝。
橘子
雖然是自己寄的，不過收到東西時還是挺高興的。

不過，自己也老大不小了。
父母年紀也大了，
發呆
不免覺得有點於心不安，所以最近這種「打包禮物寄給自己」的行為也收斂許多。
以前
很大
今
縮小
不能老是依靠爸爸媽媽～～
啪
啪
自己如此告誡自己。
將來有一天，賺更多錢……
今天我出錢，
我們去吃螃蟹吧～～
我請客喔～～
我好希望我這個當人家女兒的將來可以這麼說喔。
總有一天……
一定要……
好好回報父母
我現在的收入，僅能勉強維持自己一個人的生活……
完

# A watchful mouse.

## hitorigurashi-mo gonen-me

我的防盜對策，
就是……
叮咚～～
嚇
假裝不在家
叮咚～～
叮咚～～
……
如果是快遞公司之類的送東西過來，我一定會去開門，但是包裹送達的時間我差不多都曉得，而且快遞公司的人也經常會在門外先表明自己的身分。
高木小姐，我是○○快遞公司，送東西過來了。
凝視
這個人穿著制服，應該不會是假的吧！
從門上的觀測孔確定似乎沒問題後才開門。
我之所以會如此多疑，是因為以前碰過幾次可怕的事，才會變得如此不相信訪客。
第一年一個人住時……
叮咚～～
誰啊？
有什麼事嗎？
晚上8點左右
30幾歲的男子
喀嚓

這個人是來推銷報紙的。
（聽到門鈴聲，開門一看，通常都是報紙的推銷員……）
要不要訂報紙？
不用了，謝謝……
我說「不需要報紙」那人還是賴著不走。
訂一份報紙看一看嘛，還有廣告單可以看，挺方便的喔。
我說過不需要了嘛。
好不好嘛？
對了，這裡，妳一個人住嗎？
冷笑
冷笑
門關不起來!!
一起去吃個飯吧。
中途開始改變話題。
吃過飯了嗎？
請你回去！
哇～～
結果那個人待了30分鐘左右才走，真是嚇死我了。

還有一次是在盛夏的某一個酷熱的日子裡，
一個看起來人滿好的歐吉桑……
好熱喔～
要不要訂報紙啊？
我這時心想「天氣這麼熱，這個人好辛苦喔」
火辣辣的陽光
嘰嘰嘰嘰
……
真的不需要嗎？
這位歐吉桑繼續說道。
我算妳3個月免費，妳就訂訂看嘛。
只要訂試閱期間就行了，我還會送妳啤酒券和洗衣粉喔。
啤酒
聽到「免費」這兩個字和啤酒券，我就心動了
結果我就這麼說了。
那我就訂3個月好了。
咚
那個人還說：「妳就當作簽了3個月形式上的合約。不會來跟妳收錢的，妳放心。」
所以我就在契約書上蓋了章。

下個月，報紙開始送來了。
吱吱
喳喳
有報紙的生活還真不錯呢。
而且還是免費的，真是賺到了。
廣告單
但就在這種有報紙的生活持續了兩個多月的某一天，電話答錄機裡有這樣的一段留言……
這裡是○○派報中心，您有兩個月的報費尚未繳付，請盡快付清。
喂—
什麼?!
留言到此結束
…………
我被那個歐吉桑給騙了?!
拖欠報費?!
趕快付清?!
眼花
頭暈

於是，我首先打電話給「消費者服務中心」。
消費者服務中心，您好。
嗯～有人來跟我推銷報紙，說了個月免費，所以我就簽了契約，沒想到後來派報中心打電話來要我付報費……
喔，原來如此，那你知不知道那個報紙推銷員的姓名呢？
姓名？不，我不知道……
您沒有跟他拿名片什麼的嗎？
沒……沒有
那您有沒有簽契約書
我……蓋章了
不知道推銷員的姓名，又在契約書上蓋了章……
震驚
要抗議恐怕也很困難。
報費
1個月
3000圓
×
3個月
⇓
9000圓
哇～～真不想付這個錢啊
當時我的收入僅能勉強維持生活，所以9000圓可真是一大筆開銷啊。

我那時在一家公司打工，於是我就決定請在那裡兼差的一位太太幫我打電話。
……倒不如說是她看我太可憐了
好吧，我替妳跟他們抗議。
她這麼對我說
嗚
真的嗎？
喂—請問是○○派報中心嗎？
機敏
利落
京都人。個性很強。
貴中心的推銷員跟我說，3個月免費試閱，所以我就答應了。後來竟然接到要我付報費的電話，請問這到底是怎麼回事呢？
口氣很溫和，但卻話中帶刺……果然厲害!! 行得通嗎？這麼做好嗎？
發生問題時，不知如何是好的我。
他們說報費不用付了。
真的是太感謝妳了
嗚~~
就這樣，這個問題總算解決了。從此以後，有人上門來推銷報紙，我都是死不開門。

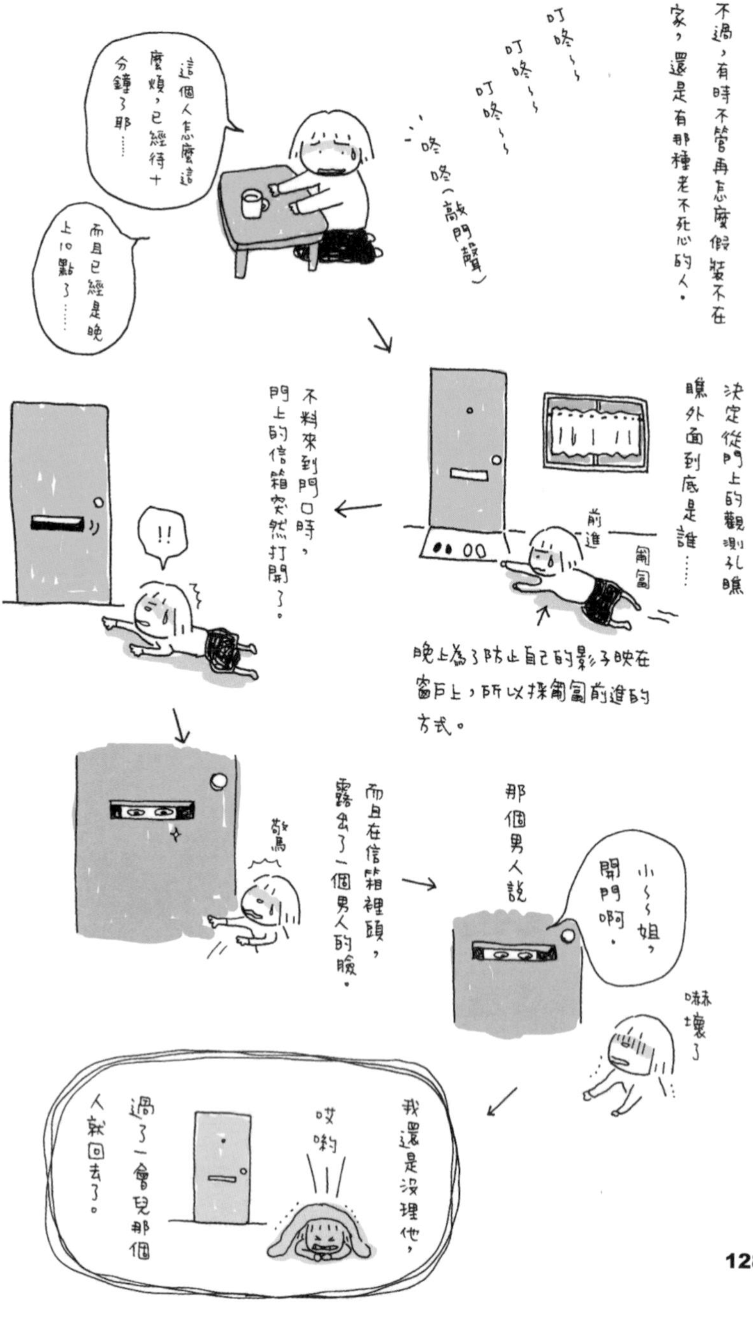
不過，有時不管再怎麼假裝不在家，還是有那種老不死心的人。
叮咚～～
叮咚～～
叮咚～～
咚咚（敲門聲）
這個人怎麼這麼煩，已經待十分鐘了耶……
而且已經是晚上10點了……
決定從門上的觀測孔瞧瞧外面到底是誰……
前進
匍匐
晚上為了防止自己的影子映在窗戶上，所以採匍匐前進的方式。
不料來到門口時，門上的信箱突然打開了。
!!
驚
而且在信箱裡頭，露出了一個男人的臉。
那個男人說
小～～姐，開門啊。
嚇壞了
我還是沒理他，
哎喲
過了一會兒那個人就回去了。

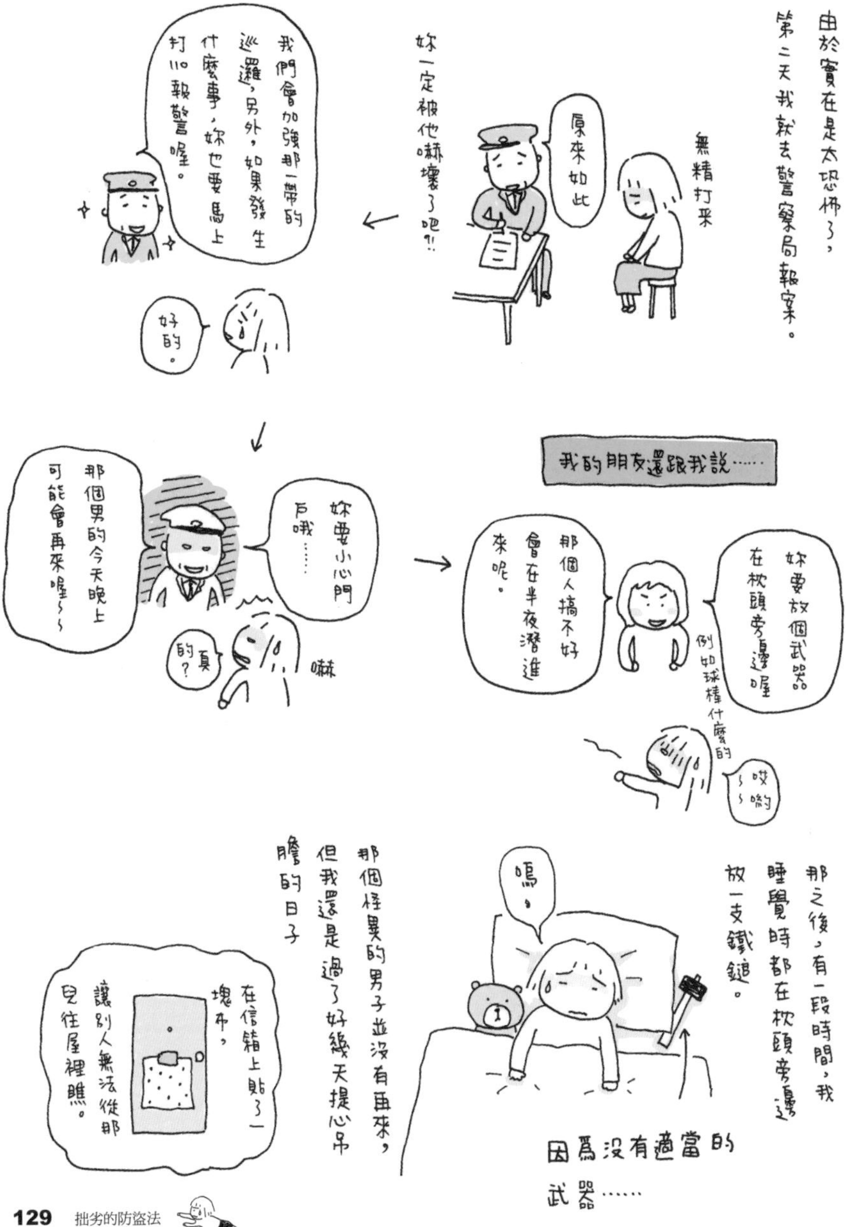
由於實在是太恐怖了，第二天我就去警察局報案。
無精打采
原來如此
妳一定被他嚇壞了吧?!
我們會加強那一帶的巡邏，另外，如果發生什麼事，妳也要馬上打110報警喔。
好的。
妳要小心門戶哦……
那個男的今天晚上可能會再來喔~~
真的?
嚇
我的朋友還跟我說……
妳要放個武器在枕頭旁邊喔
例如球棒什麼的
那個人搞不好會在半夜潛進來呢。
哎喲~~
那之後，有一段時間，我睡覺時都在枕頭旁邊放一支鐵鎚。
嗚。
因為沒有適當的武器……
那個怪異的男子並沒有再來，但我還是過了好幾天提心吊膽的日子
在信箱上貼了一塊布，讓別人無法從那兒往屋裡瞧。

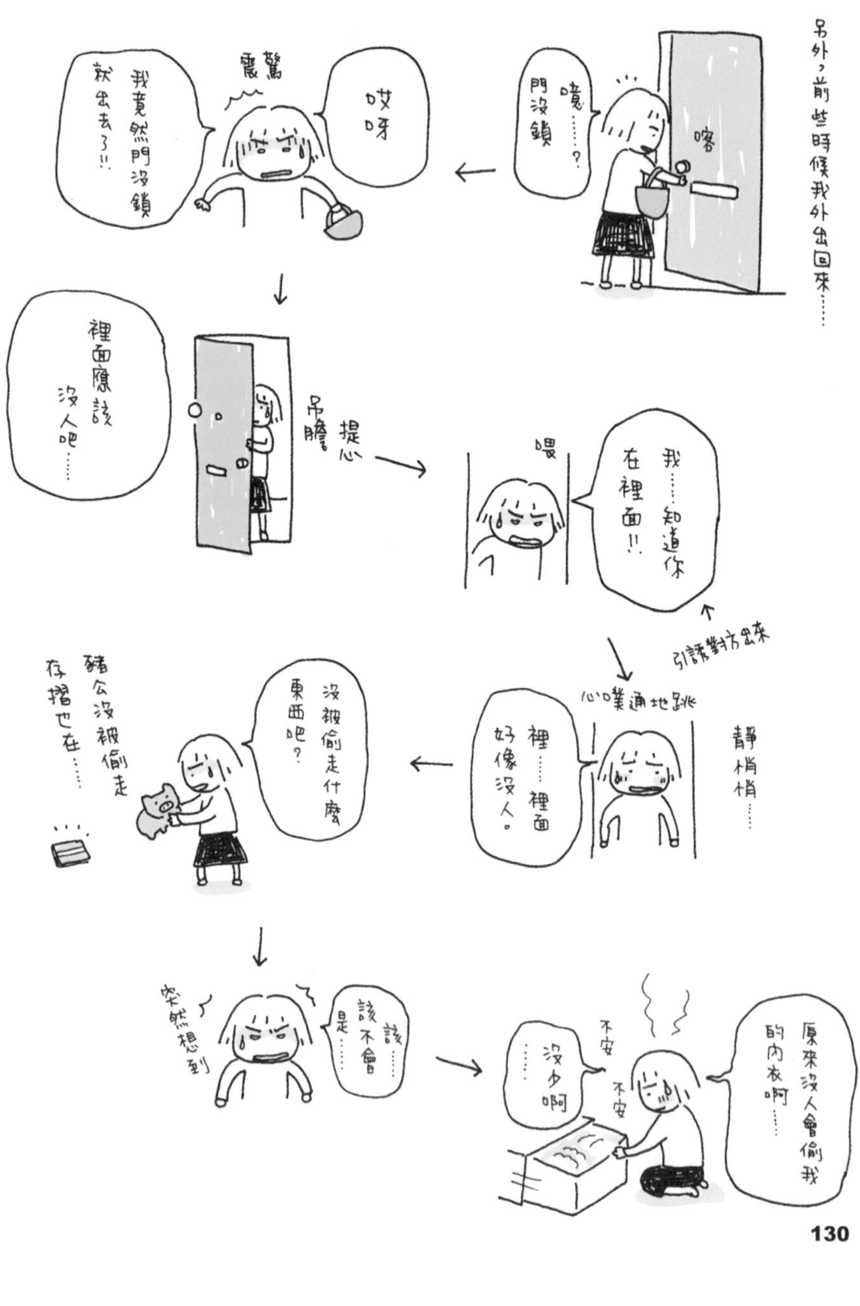
另外，前些時候我外出回來……
喀
噫……？門沒鎖
震驚
哎呀
我竟然門沒鎖就出去了!!
裡面應該沒人吧……
提心
吊膽
喂
我……知道你在裡面!!
引誘對方出來
心噗通地跳
靜悄悄……
裡……裡面好像沒人。
沒被偷走什麼東西吧？
豬公沒被偷走
存摺也在……
突然想到
該不會該是……
不安
不安
沒少啊……
原來沒人會偷我的內衣啊……

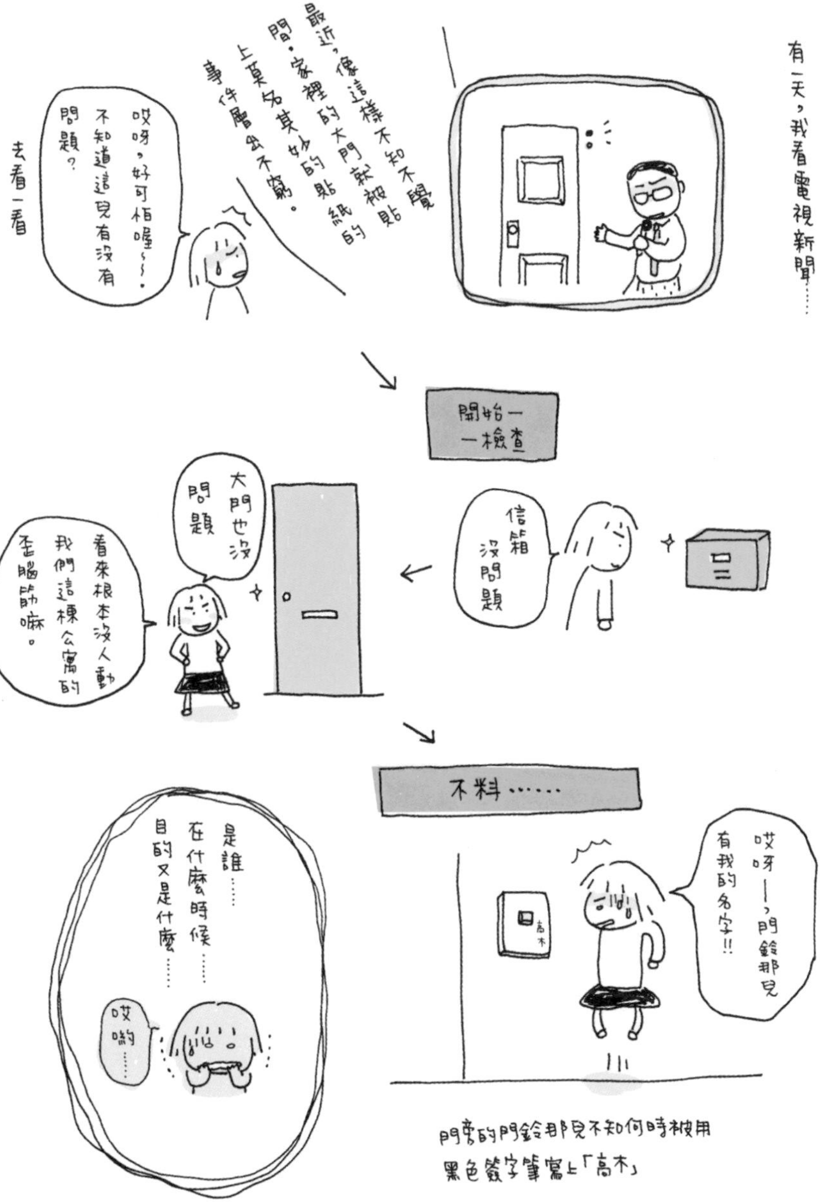
有一天，我看電視新聞……
最近，像這樣不知不覺間，家裡的大門就被貼上莫名其妙的貼紙的事件層出不窮。
哎呀，好可怕喔~~。不知道這兒有沒有問題？
去看一看
開始一一檢查
信箱沒問題
大門也沒問題
看來根本沒人動我們這棟公寓的歪腦筋嘛。
不料……
哎呀——，門鈴那兒有我的名字!!
高木
是誰……在什麼時候……目的又是什麼……
哎喲……
門旁的門鈴那兒不知何時被用黑色簽字筆寫上「高木」

我馬上就把字擦掉了，但還是覺得心情很不好。

變態的人……
由於一個人住的
女子
咯
咯

可是後來問了同樣是一個人住的朋友們，才知道其中幾個人也有相同的經驗。

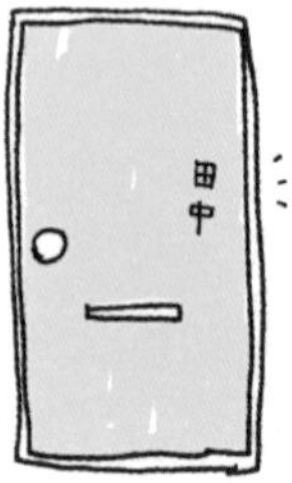
田中

不知不覺間，門上或
信箱上就被寫上名字……

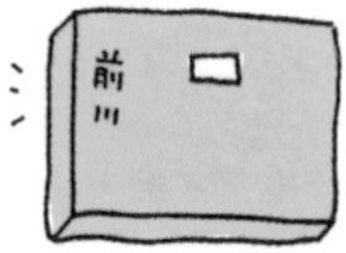
前川

由於一個人住的女子很多人不在門外掛上名牌，所以可能是郵差或快遞公司的人為了方便辦識而寫上的。

這裡是○○小姐的家……
寫下來~~

（假想圖）

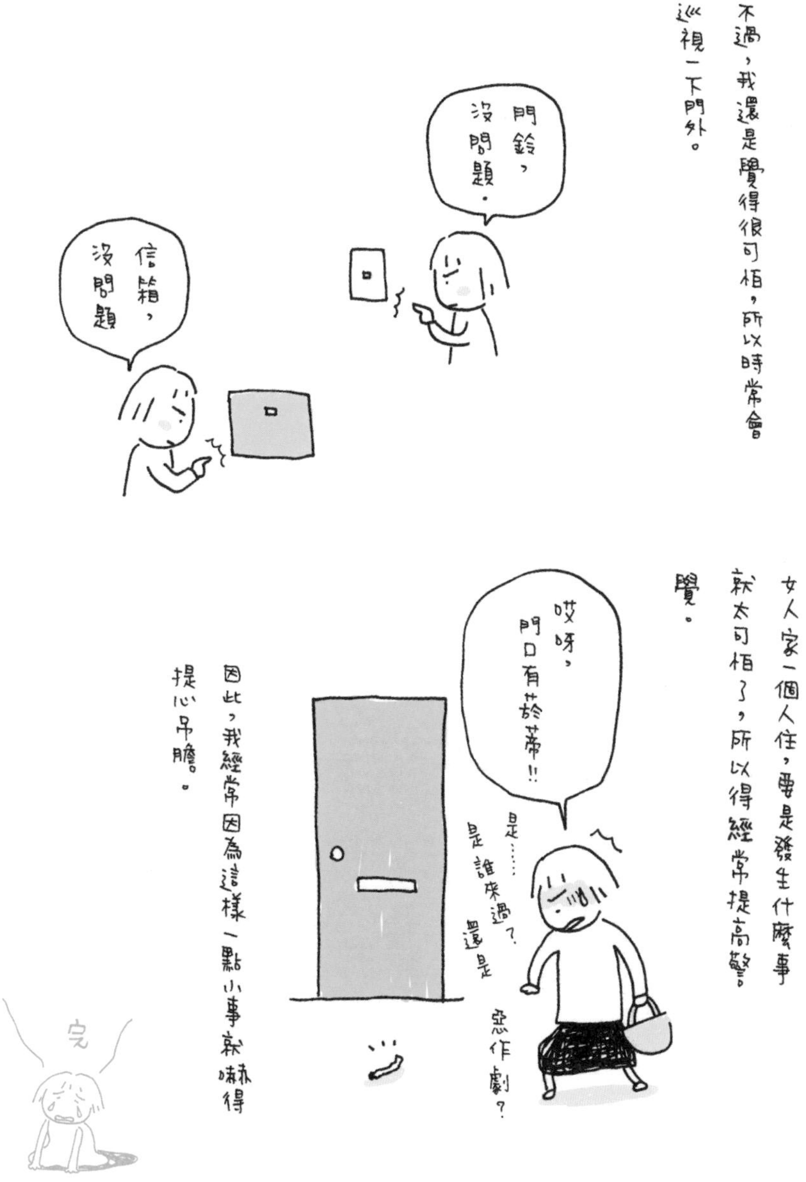
不過，我還是覺得很可怕，所以時常會巡視一下門外。
門鈴，沒問題。
信箱，沒問題
女人家一個人住，要是發生什麼事就太可怕了，所以得經常提高警覺。
哎呀，門口有菸蒂!!
是……是誰來過了？還是惡作劇？
因此，我經常因為這樣一點小事就嚇得提心吊膽。
完

第一年
不太清楚自己一個人能吃多少。
哎呀~~
馬鈴薯沙拉做了一大堆……
根本吃不了……
很多

第五年
可以正確掌握一個人吃的份量是多少。
一把半的麵線
我一個人吃剛好
嘩啦……

# Lot of trouble so nothing.

## hitorigurashi-mo gonen-me

我經常在想「有沒有比現在更好的家具擺法呢?」
嗯~~
即使人在外頭也是……
想
桌子
櫃子
床
咕咚……
咯噹……
晚上睡覺的時候也是……
想~
桌子
櫃子
床
對了!!把床和櫃子的位置對調看看。
猛然起身
靈機一動
那樣準沒錯好!!
然後,突然三更半夜開始改變家具的位置。
好,開始囉!
AM 1:00
睡衣&圍裙

先移動這個櫃子
把電視搬走……
嗚～～～!!
呼 呼
還是得把書拿出來才行～～
碰
碰
不斷地拿
嘟嚷
這時候，如果有小叮噹的超級手套就好了。
一套上就會變得很有力氣。
嗚～～!! 還是很重。
唏 唏唏……
已經這麼晚了啊……會不會吵到樓下的人……
……不管那麼多了
啊——
失蹤的CD原來在這裡，我還以為弄丟了呢。

還差一點!!
拖拉……
哎呀!!
哐!!
嘩啦嘩啦
沒摔壞吧?
……哎呀呀
沒想到電話線不夠長
嘟嘟
驚
康康康……
有人上樓來的聲音
該……該不會是樓下的人來抗議,說我太吵了吧?
哎喲~~
康康……
嗦
嗦
碰
我回來了
原來是住在隔壁的情侶~~嚇我一跳
男的經常深夜才回來
呼
全身無力

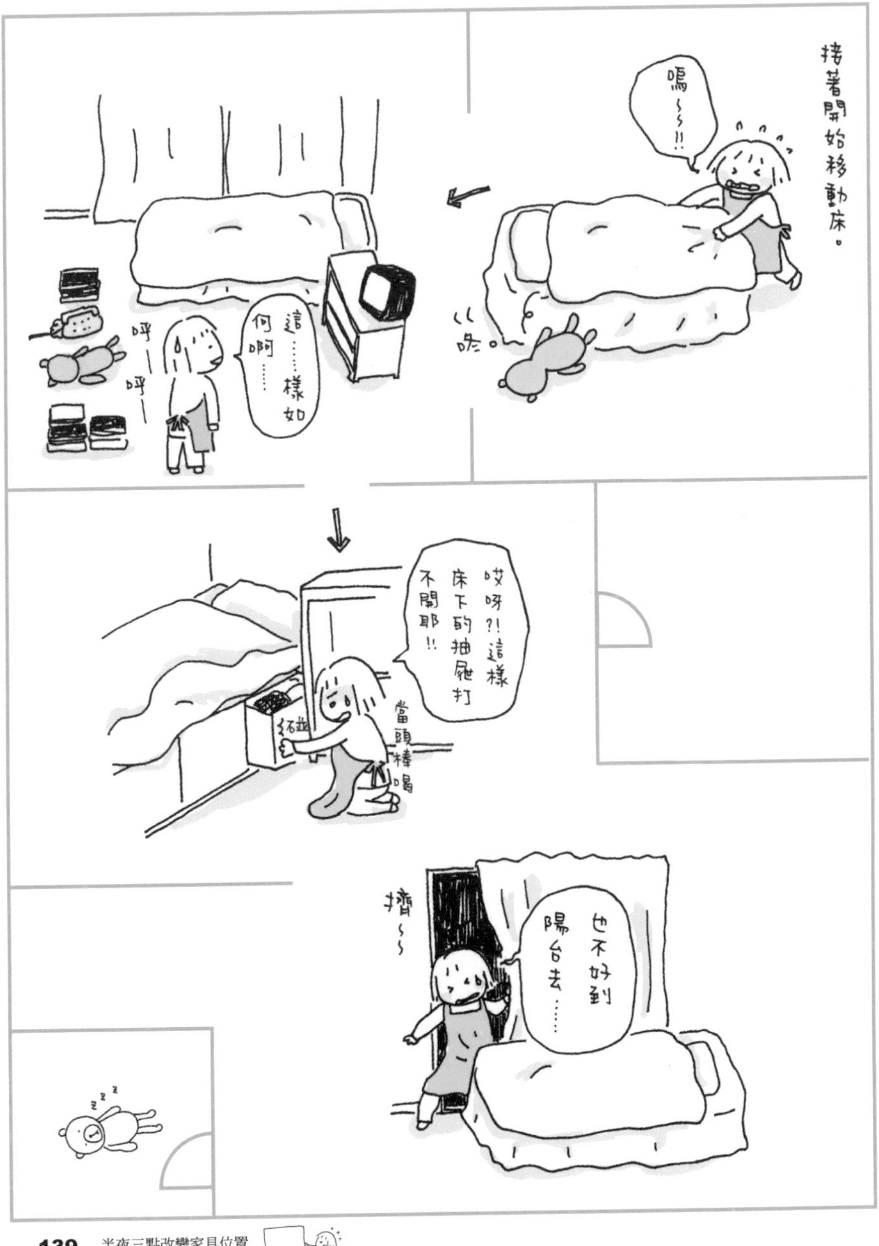
接著開始移動床。
嗚～～!!
咚。
這樣如何啊……
呼—呼—
哎呀?!這樣床下的抽屜打不開耶!!
當頭棒喝
也不好到陽台去……
擠～～
z z z

唉~~~!!躺著也看不到電視!!
震驚
難道這麼做是……
錯誤的……?
……
嘟……
已經3點了
……
亂七八糟
窸窣……
算了……
明天再繼續弄吧……

第二天
吱吱
喳喳
……我都忘了還沒弄好呢……
唉—
亂七八糟
結果—還是決定回到原來的擺法。
嘿咻!嘿咻!
終於還原了……
還是這樣最好～～
到頭來我不就是白費力氣了嗎……成果就只是找到一張CD?

以前曾有幾次為了追求更舒適的生活空間，
而反覆嘗試改變家具的位置，但都宣告失敗。
總歸一句，房子那麼小，再怎麼想辦法去改變還是有限的……
自言
自語
搬到大一點的房子去才是最好的解決辦法吧……
房屋租賃雜誌
因此，我最近一直夢想著「搬家」。
完

# How to enjoy drinking alone.

## hitorigurashi-mo gonen-me

我經常一個人在家喝啤酒。
大家一起嘻嘻鬧鬧地喝酒固然好，
但一個人喝啤酒也另有一番滋味。
不過，一個人喝啤酒一不小心就很容易陷入孤寂，
因此需要留意一些事。

不可以只準備啤酒和一樣下酒小菜。
BEER
★
生
花生
好孤單喔~~

我覺得一個人喝啤酒的時候，
菜色應該比平常吃飯時來得豐盛。
因此，我認為……

下酒小菜要3種以上
幹勁十足的姿勢—無意義

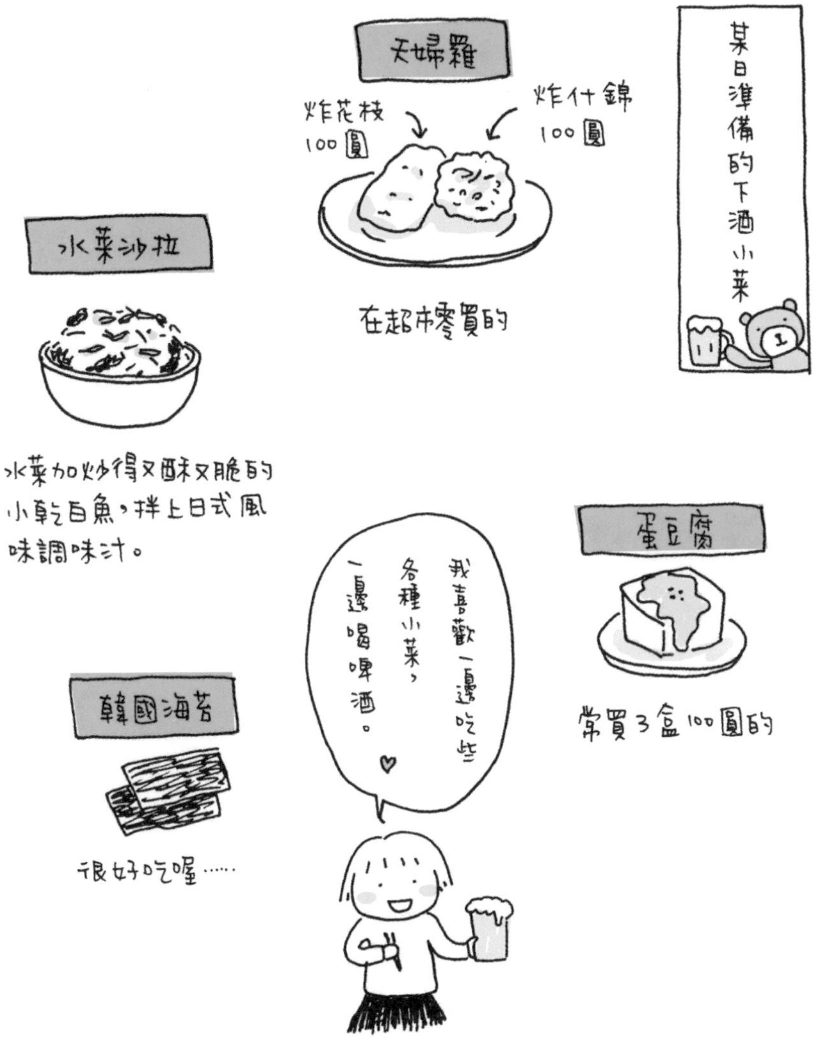
某日準備的下酒小菜
天婦羅
炸花枝 100圓
炸什錦 100圓
在超市零買的
水菜沙拉
水菜加炒得又酥又脆的小乾白魚，拌上日式風味調味汁。
蛋豆腐
常買3盒100圓的
韓國海苔
很好吃喔……
我喜歡一邊吃些各種小菜，一邊喝啤酒。

我通常是在晚上喝啤酒。

所以盡可能在喝酒之前先洗好澡，這樣就隨時都可以睡覺了。

如果一定要在洗好澡前先喝啤酒，
至少先把臉洗好，
就可以避免沒卸妝就睡著的慘事發生。

總算到了喝啤酒時間。
一個人一邊看電視，
一邊悠閒地喝啤酒。
這乃是我休息片刻的好時光……

這時候必須留意的是，電視節目要選綜藝節目
或是歌唱節目等內容比較歡樂的。

如果不小心看了內容沉悶的節目……
真人真事
九死一生!!
拯救一個小生命!!
我一喝醉酒淚腺就特別發達，哭起來便一發不可收拾。
淚水鼻水滴滴嗒嗒……
而且會越喝越多。
喝酒的時候最好拋開一切煩憂，看一些歡樂有趣的節目。
哇哈哈!
哎呀~~啤酒沒有了~~
這是第二罐了耶~~
真拿妳沒辦法……最後一罐喔~~
嘿嘿嘿
一邊自言自語，一邊愉快的喝啤酒。

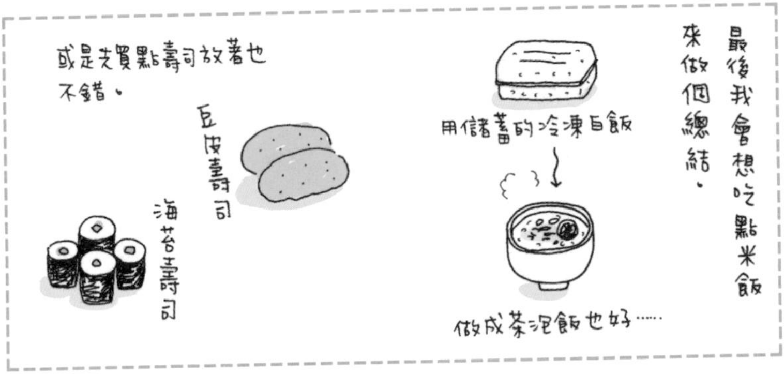
最後我會想吃點米飯來做個總結。
用儲蓄的冷凍白飯
做成茶泡飯也好……
或是先買點壽司放著也不錯。
豆皮壽司
海苔壽司

怎麼辦……要不要再喝一罐呢？
像這種時候也……
算了吧，今天就喝到這兒
最後吃點飯，做個總結吧。
可以如此來喊停，不再喝下去。
茶

可是如果沒有飯，就很難自我控制……
小菜也還有……
再開一罐好了~
啵
醉得不省人事的機率也因此大為提高。
醉得不省人事
完

# 居理想隔局

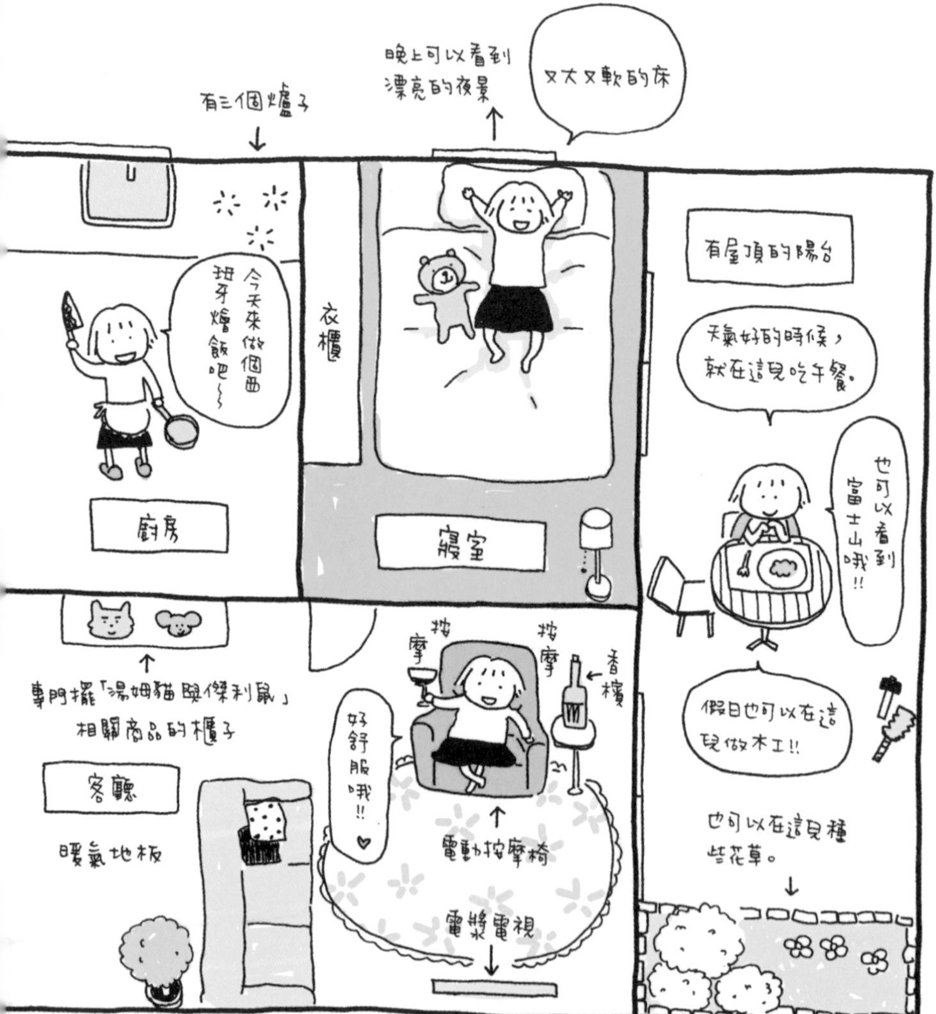
晚上可以看到
漂亮的夜景
又大又軟的床
有三個爐子
今天來做個西班牙燴飯吧~~
衣櫃
有屋頂的陽台
天氣好的時候，
就在這兒吃午餐。
廚房
寢室
也可以看到富士山哦!!
按摩
按摩
香檳
專門擺「湯姆貓與傑利鼠」
相關商品的櫃子
好舒服哦!!
假日也可以在這兒做木工!!
客廳
暖氣地板
電動按摩椅
也可以在這兒種些花草。
電漿電視

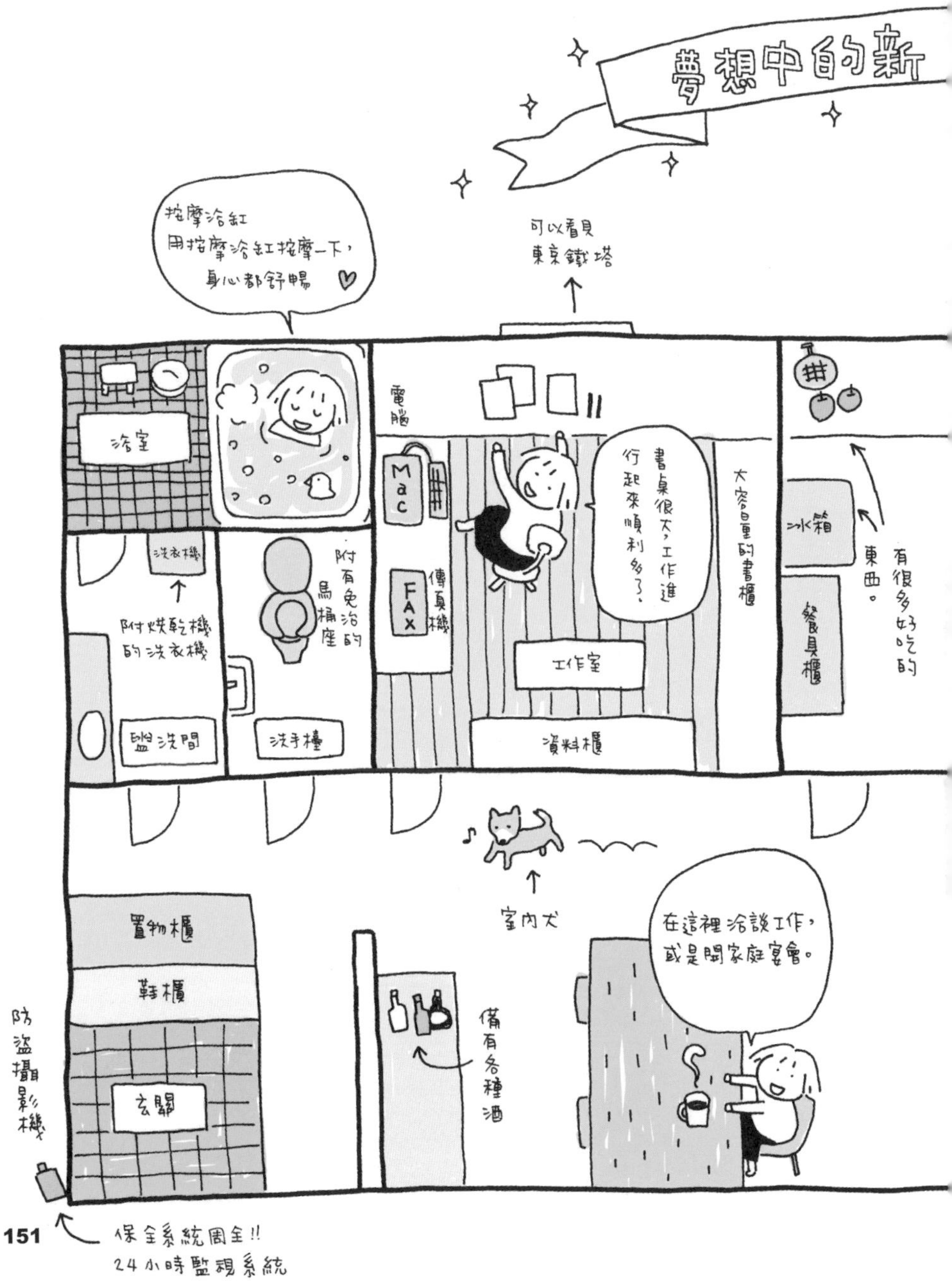

夢想中的新
按摩浴缸
用按摩浴缸按摩一下，身心都舒暢
可以看見東京鐵塔
浴室
電腦
Mac
書桌很大，工作進行起來順利多了。
大容量的書櫃
冰箱
有很多好吃的東西。
餐具櫃
洗衣機
附烘乾機的洗衣機
附有免治馬桶座的
傳真機
FAX
工作室
盥洗間
洗手檯
資料櫃
室內犬
置物櫃
鞋櫃
在這裡洽談工作，或是開家庭宴會。
防盜攝影機
備有各種酒
玄關
保全系統周全!!
24小時監視系統

## 番外篇 第一次找房子

就在24歲那年的春天，我決定一個人搬到東京去住。當時把工作辭掉一邊打工一邊在家過著懶散生活的我，並非有著什麼目標或對東京懷著強烈的鄉往，只不過是抱著「如果住在東京，大概會有什麼改變吧」的這種模糊期待罷了。

先為了找房子，而從三重縣來到東京，暫時住在我在東京唯一的朋友那兒，她是我的同鄉。

對不起，要打擾妳一陣子。
妳來啦，請進！
朋友

當時我對東京的地理情況完全沒有概念，只是直覺認為「中野」或「荻窪」一帶好像很適合一個人的生活。

還是住在中野好了
根本沒去過

先買了3本房屋租賃雜誌

又厚又重
ROOM
APARTMAN
ABUL
好重哦……
沉甸甸

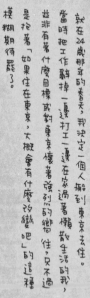

一般而言，找房子的方法好像是決定想居住的地區之後，直接到當地的房屋仲介公司去洽詢。但我當時完全採信房屋租賃雜誌，所以就直接去那家位於西新宿，刊登很多便宜房子的房屋仲介公司。
自言自語
方向感很差
嗯～～，過了小田急後，青梅（ADUME）街道左轉。
後來才知道那應該唸成OUME
好不容易才找到的那家房屋仲介公司，卻給人感覺很詭異的樣子。
……
回……回去……算了
PUB
○○屋
這裡
一番拉麵
一個客人也沒有的拉麵店
提心吊膽地進到裡頭
嘰
歡迎光臨！
裡面有一個燙著一頭鬈髮很像流氓的職員。
嗯～～，我想找一個人住的公寓……
在哪一帶？
中野～～或是荻窪～～
房租呢？
五萬塊以內
斬釘截鐵
那妳租不到房子了。

真的嗎？可是，這本雜誌上不是有中野地區房租五萬的房子嗎？
你看，這個～～
啊，那個不好啦～～
這種東西是靠不住的啦
丟
啊
女孩子一個人住是很危險的
便宜的地方妳會嚇得不敢住的啦！
可是，房子舊一點也沒關係
便……便宜就好了
唉～～前幾天也有一個人這麼說……
結果去看了以後啊～～
那個人一臉慘～～白地回來了
說什麼也不敢住那種地方
那種地方妳可千萬別去住呀。妳會後悔的！！
……
我看妳還是找貴一點的，或是郊外一點的比較好。這樣絕對沒錯！！
結果就這樣遭到了強烈反對。那個人到底是存心想讓我租貴一點的房子，還是看我一副笨笨的樣子而替我擔心呢？這就不得而知了。

於是，我就去看了那個人
強烈推薦的房子。
我看啊，妳就租這裡好了。這裡雖然離東京都中心比較遠，可是房租便宜，而且走5分鐘就到車站了，是2樓的邊間，還附空調，最棒的是地上是鋪地板呢!!
地圖
我也不是特別喜歡地板啊~~
嗯~~
公寓的外觀看起來很普通。
前一位房客還住在那裡，所以不能進去看裡面。
回到仲介公司
喀…
妳回來了?! 怎麼樣? 滿意吧?
沒什麼特別的感覺耶
那麼好的房子妳竟然……
我看那裡很快就會被別人租走了~~
什麼?!

那之後也又去看了幾個房子。
但都不滿意。
窗戶外面是水泥牆。
峭壁
光線非常差
超陰冷
緊鄰十字路口
車子的噪音和空氣污染
很嚴重
吧—
吧—
而且窗戶一打
開，眼前就是
行人號誌燈……
好吵喔……
壁櫥有
6尺寬耶!!
好大喔。
可是，打開一看發現
那兒剛好有樓梯。
所以壁櫥的容量只
剩一半。
公寓的四周是—
不毛之地。
呼呼
這裡也
是東京
嗎?!

又再回到仲介公司
還沒找到滿意的嗎？
呼～～
累壞了
原來這家仲介公司還有另一個職員……
妳看看這裡怎麼樣？
房租是4萬8千
忠厚老實型
同事間好像處得很不好。
笨蛋～～你看清楚!!
這裡到車站要走15分鐘耶。怎麼可以介紹女孩子去住這種地方呢？你滾到一邊去。
碰
對……對不起……
呼
哎喲～～
垂頭喪氣
那個人笨笨的
對不起喔
沒關係……

經過一番紛紛擾擾，最後還是
決定租下仲介公司推薦我去看
的第一個房子。

到車站走路5分鐘。
附空調
地上是鋪地板……

我完全無法想像在這屋裡
將展開什麼樣的生活。

正是櫻花開始綻放的時節……

剛開始住進這屋子裡時，老覺得這兒並不是自己的窩。

偶爾回到了老家，心裡會覺得鬆了一口氣，心情自在又踏實。經常會想「這裡才是真正的窩吧……」

現在已經是第五年了，回到老家時依舊覺得輕鬆自在，身體也馬上就能適應過來。但在家裡住了些日子，就會漸漸地開始惦念這個窩，而變得心神不定。而且隔了一陣子再回到這屋裡時，也會覺得鬆了一口氣，這真是一種奇妙的感覺啊。

五年的歲月中，我在這小屋裡或為了一些無謂的事煩惱，或因為一件小事就覺得很幸福，或一個人喝得酩酊大醉，但同時也因此一點一點地成長了。

看著走過這段歲月的這個屋子，現在也已經完全充滿了自己的味道，甚至覺得它就像是我身體的一部份，但總有一天還是會搬離這裡的吧。

現在雖然覺得屋子「太小」「牆壁太薄」等等，有一大堆的不滿，一旦要離開時，我想我還是會覺得很捨不得的。

不過希望將來我可以一邊看這本書，一邊回想起以前在這裡生活的種種心情，而且那時自己是過著比現在稍微成熟長進一點的生活。

最後由衷地感謝您和我一起分享這些平凡的生活雜記。

2003年6月底　高木直子

〈作者簡介〉

## 高木直子


1974年出生於日本三重縣。
小時候也和很多女孩一樣，說「想開花店」「想開麵包店」之類的話。
但上了國中之後，開始覺得自己還滿喜歡繪畫的。
最近的生活重心是寫寫散文集，用壓克力顏料畫畫插畫、漫畫。
喜歡的季節是夏天，因為白天很長，又可以穿得單薄些，
而且啤酒也特別美味。
台灣大田出版作品《150cm Life 1-3》
《一個人住第5年》《一個人去旅行1-2年級生》
《一個人漂泊的日子1-2》《我的30分媽媽1-2》
《一個人的第1次》《一個人住第9年》
《一個人吃太飽》《一個人去跑步：馬拉松1年級生》等等


〈譯者簡介〉

## 洪俞君


東吳大學日文系畢業。長期翻譯高木直子的作品如《150cm Life》《一個人住第5年》《一個人住第9年》《已經不是一個人：高木直子40脫單故事》《再來一碗：高木直子全家吃飽飽萬歲！》等（大田出版）。


大田FB　大田IG


TITAN 137
高木直子◎圖文
洪俞君◎譯
張珮萁◎手寫字

出版者：大田出版有限公司
台北市104中山北路二段26巷2號2樓
E-mail：titan@morningstar.com.tw
http：//www.titan3.com.tw
編輯部專線（02）25621383
傳真（02）25818761
【如果您對本書或本出版公司有任何意見，歡迎來電】
法律顧問：陳思成

總　編　輯：莊培園
副總編輯：蔡鳳儀
行政編輯：鄭鈺澐
初　　版：二OO五年（民94年）一月三十日
二版二刷：二O二二年（民111年）五月四日
定　　價：新台幣 280 元

讀者服務專線：TEL（02）23672044 /（04）23595819#230
讀者傳真專線：FAX（02）23635741 /（04）23595493
讀者專用信箱：service@morningstar.com.tw
網　路　書　店：http://www.morningstar.com.tw（晨星網路書店）
郵　政　劃　撥：15060393（知己圖書有限公司）
印　　　　刷：上好印刷股份有限公司





國際書碼：ISBN 978-986-179-657-4　CIP：861.67 / 110008230
Print in Taiwan

一個人住
第5年